青春不解风情

汪源 ◎ 著

山西出版传媒集团
山西人民出版社

图书在版编目（CIP）数据

青春不解风情 / 汪源著. -- 太原：山西人民
出版社, 2023.9
ISBN 978-7-203-12974-5

Ⅰ.①青… Ⅱ.①汪… Ⅲ.①中篇小说 – 中国 – 当代 Ⅳ.
①I247.5

中国国家版本馆CIP数据核字(2023)第132516号

青春不解风情
QINGCHUN BUJIE FENGQING

著　　者：汪　源
责任编辑：武海峰
复　　审：李　颖
终　　审：武　静
装帧设计：晴海国际文化

出 版 者：山西出版传媒集团·山西人民出版社
地　　址：太原市建设南路 21 号
邮　　编：030012
发行营销：0351-4922220　4955996　4956039　4922127（传真）
天猫官网：https://sxrmcbs.tmall.com　电话：0351-4922159
E-mail：sxskcb@163.com 发行部
　　　　　sxskcb@126.com 总编室
网　　址：www.sxskcb.com

经 销 者：山西出版传媒集团·山西人民出版社
承 印 厂：天津中印联印务有限公司

开　　本：880mm×1230mm　1/32
印　　张：4
字　　数：59千字
版　　次：2023 年 9 月 第1 版
印　　次：2023 年 9 月 第1 次印刷
书　　号：ISBN 978-7-203-12974-5
定　　价：41.00 元

如有印装质量问题请与本社联系调换

目录

第一部 大一入校时

第一章

惊喜与好友考上第一志愿
感恩赴学校报到获得帮助

故事发生在 2002 年。高中毕业典礼上，最后一个节目是同学们齐唱《明天会更好》。悠扬的旋律在耳畔响起，同学们纷纷从座椅上起立，齐声唱起。其中最令我难忘的一句是："春风不解风情，吹动少年的心。"后来自己反复吟唱的时候，错唱成"青春不解风情，吹动少年的心"，我还来不及思索其中的奥妙。

经过几年的不懈努力，我终于如愿考上了本市最负盛名的大学 A 大，暑假期间兴致勃勃地准备着开学所需的一切。

当然，作为大学生，第一要务是学习。一天，我来到楼下的超市精心挑选了几个令人赏心悦目的本子。本子都是白色底色，外皮上绘着彩色的水果形象，有橙子、苹果、猕猴桃等。看着这些本子，我的心情也随之愉悦起来。到家以后，我打开台式电脑，在网络上漫无目的地游荡，发现夏天也上线了。夏天是我的网友，也是高中同学，只不过我们不同班。紧张学习之余，我会在网上寻找他的足迹，与他聊天以放松心情。我刚同他打完招呼，就见他发来："猜猜有什么好消息！"

我赶紧回道："中大奖了吗？"

"不对！"

"那是什么？"

"本人考上了第一志愿学校——A 大。我这么有本事的人陪你共度大学四年，你是多么幸运啊！"

我虽然没说什么，心中却暗暗高兴。为了这一张录取通知书，自己不知奋斗了多少个日日夜夜，现在又能和好友相伴一同前进，的确是件很幸运的事情。

暑期转瞬即逝，不知不觉便到了开学的日子，我怀着激动而紧张的心情来到了 A 大。对学校的第一印象是——学校好大啊！有东门、西门、南门、北门、东北门5个校门。校园里，同学们都以自行车代步。初来乍到，迷路自然是不可避免的。为找到中央主楼报到，我从东门走到南门，又从南门向北走了很远，当终于找到主楼时，却发现弄错了报到地点。而正确的报到地点是我刚刚路过的体育场馆外的操场。为了不耽误时间，我只好加足马力，又往回走了十多分钟。

其实我是愿意在校园里面漫步的，主要原因有两个：一是充满新鲜感；二是在风的吹动下，宽阔的主干道两旁高大的白杨树发出哗哗的声响，两旁的草坪郁郁葱葱，初升的太阳照射在上面，闪烁着光彩夺目的光亮。

我终于找到了报到处，只见写有计算机学院红底黄字的大旗牢牢地绑在操场边的隔离网上，很醒目。一位学姐迎面朝我走了过来，她有些瘦小，梳着马尾辫，微笑地看着我。在她的引导下，我顺利签了到。负责签到的是一位年长些的学姐，她身穿一件很普通的白蓝相间的T恤，眼睛大大的，虽然总是微笑着，但是我总觉得有点怪。我不由得上下打量自己，看是不是哪里穿戴不合适，但是并没有发现。我心里疑惑，怎么这个学姐初一相识就这么有个性？后来听说她是辅导员，名字我没能记住，只是觉得她的名字有点太男生了。签完到后，我便领了被子和被套，一位热情洋溢的学长帮我送到了寝室。我有点不好意思地望着那个学长，说道："怎么才能谢谢你的帮助呢？"学长微笑着说道："等到你们迎新的时候，像我一样对待你的学弟学妹喽！"说完他便离开了。

据说，我们的寝室楼是不久前刚刚建成的，建筑样式十分独特。屋内窗明几净，暖暖的阳光透过窗户直射进屋来，给人舒服的感觉。每屋有四张床、四张桌子，床与桌子是上下一体的，每两个小屋由一个宽敞的客厅相连接。提前来报到的陈晴端坐在自己的座位上，听见我进来，便抬起头望着我。我笑嘻嘻地回望，惊讶地发现陈晴很美丽。她皮肤白皙，大眼睛，戴着一副金丝眼镜，有种文质彬彬的感觉。她把长发束在脑后，又显出一丝成熟稳重。由于不熟悉，我们并没有太多交流，打过招呼后便各忙各的了。

收拾得差不多后，为了让被子在新的被套里固定住，我便自己缝了起来。缝着缝着，陈晴过来关切地问道："怎么还没缝好？"她见我一半身体在床板外面，接着又提醒道："小心呦！前两天有个同学从床上掉了下来，校医疗队的都来了。"因为她的关心，我们的关系瞬间亲密了，寝室也变得热闹起来。

下一个来到寝室的是徐丹。她细眉细目，身材瘦削，身穿一件深粉色和紫红色相间的 T 恤，一进门便笑嘻嘻地向我们招手问好。我微笑以对，心想："A大女生都这么漂亮吗？"

中午，我们聊到了父母、家乡，由于她们都是第一次离开家乡、离开父母，不禁潸然落泪。作为本地人，对于她们的这种情感，我不能感同身受，只能干望着她们，不知如何开口安慰。

下午，李文文姗姗来迟。李文文是一个身材瘦小的女生，肤色略黑，眼睛很有神。她穿了一件很有个性的紫白色相间的带有兔子图案的 T 恤，那件 T 恤很大，与她瘦小的身躯形成鲜明的对比。

　　我们都是比较好相处的人，所以不一会儿便打成了一片。四人一起说笑时，我突然想起了《人间》这首歌，然后按照自己的理解教她们唱，我们的感情也在歌声中得到升温：

风雨过后不一定有美好的天空

不是天晴就会有彩虹

所以你一脸无辜

不代表你懵懂

不是所有感情都会有始有终

孤独尽头不一定惶恐

可生命总免不了最初的一阵痛

但愿你的眼睛只看得到笑容

但愿你流下每一滴泪都让人感动

但愿你以后每一个梦不会一场空

天上人间

如果真值得歌颂

也是因为有你才会变得闹哄哄

天大地大

世界比你想象中朦胧

我不忍心再欺哄但愿你听得懂

第二章

同寝四女生快乐美好生活
同班五同学荣耀当选班委

一次，我的车胎被扎了，眼看就要到上课时间了，陈晴便骑车载着我向上课地点飞奔。主干道上有缓缓的坡度，向上骑车时很吃力。陈晴来到 A 大后刚刚学会骑自行车，我坐在车后座上，望着奋力骑行的陈晴，心里非常感激。晚上下了课，陈晴又载我回寝室。天色已经暗下来，昏黄的路灯打在地面上。陈晴穿一件宽大的长袖衬衫，飘逸的长发用橡皮筋束在脑后，宛若一位青年艺术家带着他的女朋友，引得不少路过的同学回望。

渐渐地，我和陈晴成了好朋友，凡事都在一起。从早到晚，形影不离。我俩最爱到南区食堂吃北京风味的米粉蒸肉。一次陈晴指着碗里的菜，笑嘻嘻地说："这里面有酒酿，所以特别好吃。"我说："我最爱吃这种菜了！"吃完饭，我发现陈晴向远处望去，仿佛在寻找着什么。我疑惑地问："怎么了？"她解释说："我还想吃一个饼。"她买来饼，笑着说："我们南方很少有这种饼，所以觉得这饼特别好吃。我都吃胖了呢！""胖了还吃？"我望着她打趣道。她那白白的脸颊有些红润，两只眼睛笑得眯成了两道缝。

　　我跟陈晴无话不谈，甚至有时候会谈到夏天。陈晴很困惑夏天与我的关系，是不是与她和她的同乡的关系一样紧密，并且她特别期待见到夏天。可惜始终未能如愿。

　　陈晴不知从哪里结交了一位博士。周末她去逛街，买回来两个大大的棒棒糖，其中一个就送给了这位博士。二人一拍即合，成为男女朋友。我常常想，陈晴会不会特别有梦想，想成为博士。陈晴对此守口如瓶，从来未曾提及。陈晴有了男朋友以后，就很少和我们姐妹几个在一起了。一次偶然的机会，我们四个下课后在北区食堂碰面，陈晴买了一种很好吃的糖醋排骨，

　　　　　　　青春不解风情

请我吃了一块。排骨外焦里嫩，又酸又甜，那滋味，真是宛若到了人间仙境一般。对此，陈晴得意地说："我们那边人，不但人长得漂亮，而且特别会吃。"我记住了卖排骨的窗口，准备以后经常来吃。

李文文似乎性格内向，谁知特别好相处。一天晚上我去打水，文文和我走一路说一路。她说："我最近认识了班上一名男生，特别有学者风度。"还提议我留意呢。我望着拿了5本《哈利·波特》来学习的文文，就仿佛看到了哈利·波特本人一样。

我们的辅导员是我的同乡，中等身材，样子很老成。辅导员有点不苟言笑，说起话来像代课的老师一样。班会终于召开了，主题是选学生干部。一共有15名同学参选，一一上台演讲，我被安排在第8个。演讲的同学特别善于言辞，我不禁自惭形秽，心里直打退堂鼓。每有一个同学上台演讲，我的心就抽紧一下，快到我的时候，我的心简直要跳出来了。而且排在我前面的一名同学说得特别长，他从他家乡的历史讲到时代的变迁，从过去的故事讲到现在的生活："我来自一个不起眼的小山村，身上寄托了整个故乡的希望与期盼。我坚定地希望能为我的家乡贡献自己的力量……希望在座的各位同学能给我一个服务大家、提高自己各方面技能和迈向成功的第一步的机会，谢谢大家！"终于，当他慷慨激昂地讲完后，辅导员望着黑板上事先写好的姓名，亲切地叫了我的名字。我很紧张地拿着一个本子上台，开始战战兢兢地发言。同学们都用友好的目光笑盈盈地望着我，这让我的紧张感减少了很多，我缓缓说道："来到 A 大，我发觉身边有很多优秀的人、强劲的竞争对手和亲密的学习伙伴，有幸来到这里，倍感骄傲。希望从在座的老师、同学身上多多学习，共同进步，也希望把昔日学习生涯中锻炼出来的能力和知识奉献给各位……"演讲完后，我有种如释重负的感觉，并开始真正聆听其他人的演讲。而陈晴的表现最让我惊喜，她不愧是曾经演讲比赛第 1 名的获得者，讲得有声有色，抑扬顿挫，很吸引人："就在今日，往日的光辉已经成为从前，我们的终极目标是我们今天做了什么和能够做什么。我们要抓住今天的机会，实现我们的理想，成就我们的未来……"徐丹的演讲很有亲和力："我曾经在高中担任班长兼任团支部书记，工作认真负责，组织了大量活动，我因此而乐在其中……"会后，二人由于出色的表现被话剧社的"星探"发现，几人交谈了许久。

一名叫何萧萧的学生党员上台演讲了。何萧萧是南方人，中等身材，瘦瘦的，白白净净的，说话像是影视剧《还珠格格》里的福尔泰。他演讲时间很长，因为口音很好听，丝毫不让人觉得厌烦。我们班只有3名学生党员，并且何萧萧在日常学习生活中担当了重任，他发言时，间或有同学微笑着鼓掌。

激动人心的一刻到来了。辅导员找了两名未参加选举的同学唱票。会场异常安静，大家都屏住呼吸，眼睛不眨一下地望着黑板，心随着唱票人不断读出的名字而悸动。最后，何萧萧高票担任班长，陈晴担任团支书，徐丹担任文艺委员，我担任生活委员。一名酷似夏天的男同学名叫刘冰，担任卫生委员。后来听李文文说，这个同学就是所谓的有学者风度的人才。

第三章

参加丰富充实的文体活动
准备充满温馨的生日礼物

　　学习之余，我们也会参加一些课外活动。全校性的体育系列比赛开始了，我和徐丹积极参加了羽毛球双打和乒乓球比赛，参加比赛的还有何萧萧和刘冰。徐丹的网前小球接得比我准确，所以在双打时她站在前面一点的位置。因遇强敌，虽然我俩没能晋级决赛，但两个人的感情在紧密配合和共同拼搏中增进了不少。我们还因此结识了对方两名同学。只是后来徐丹不能常常与我相伴打球了。

　　周末，我从家刚回到学校，徐丹就满心欢喜地冲过来对我说："王玥，我被选入话剧社了，以后每个周末都要去参加活动呢！"我笑道："祝贺你，一定要加油啊！"说完，我背着鼓鼓的书包，又出门去自习了。说实话，我还真是挺佩服她的，我们计算机专业学生学习任务本身就很重，她还能抽出时间参加话剧活动，确实很厉害。

每个人都有不同的追求，我现在的目标是把眼前的知识学好、学深入，才能有精湛的技术水平，将来才能有用武之地。而我选择计算机这个专业，一方面因为它是我们学校最好的专业之一，最有发展前景；另一方面，这也是我所喜好的，兴趣是最好的老师嘛！而让我最遗憾的是，夏天没有和我报同一个专业。我要是能和他一起学习，或许能在学习的道路上少很多阻碍。

作为生活委员，我的工作主要是为每个同学过生日。刘冰是卫生委员，也算是男生里的生活委员，自然要和我一起完成这项光荣、艰巨而新鲜的工作。我们最大的难题是只有400元班费，平均下来每个同学仅有十几元，而这十几元我们不仅要用来买礼物，还要用来布置生日现场。所以为了节省经费，我们打算统一订购礼物。刘冰心思细密，他先到学校附近的小商品批发市场打探了一下情况，而后回来和我合计。经过商量，我们最终决定去市场买回一批便宜但精致的礼物。

　　市场的面积很大，里面有很多小区域，一片是服装衣帽，一片是鞋子和书包，另一片是文具、礼品，秩序井然，我们则直奔礼品区域。这里的礼品真可谓琳琅满目，各个柜台都整齐有序地摆放着精巧的礼品，只是价格都比较昂贵。看来看去，我们决定买文具当作礼物。刘冰一边很细致地挑选礼品，一边跟老板讨价还价。本来12块钱的铅笔盒，刘冰说："老板，我买10个，6块钱一个行吗？"老板不愿意，刘冰便做出一副想要离开的态势。老板一看生意要失掉，赶忙妥协说："8块行吗？"刘冰执意要走，老板最终无奈道："回来！那拿上吧，以后多来买我家的啊！"此时的我对刘冰佩服得五体投地，笑着望着他。他得意地说："我在别的商店里看到这个卖8块6毛，所以也没便宜多少。"随后，他高兴地根据男女生的不同喜好挑选了不同颜色且美观大方的铅笔盒。

　　每次男同学过生日，由我负责宣布和祝贺。虽然做了班委，我还是难以克服容易紧张的心态。我常常嘲笑自己，又非常无助。11月初，何萧萧过生日，我在物理课后鼓起勇气，站起来，放大声音说："今天是何萧萧同学生日，让我们为他唱一首祝福的歌曲吧！"说着把刘冰买好的礼物送给他。就这么两句话，我却非常吃力，紧张情绪溢于言表。我常想，自己要是怎么练习都不能够改变，倒真不如不练了。我和徐丹说了自己的痛苦，徐丹安慰道："没关系的，王玥，都是我们同学，有什么好紧张的。更何况，多练练就会好的。"

第四章

学习工作之余与刘冰变熟
期末考试之后向夏天告白

　　为更好地为班级服务，何萧萧约我们几个班委去他寝室开班委会。对于大学生而言，寝室仿佛自己的家一样，到不太相熟的男生寝室开会，有一种说不出的感受。不过，让我没想到的是，何萧萧竟然如此有耐心。我到了他寝室后，还有几个班委没到，我们足足等了有半个小时。其间，他没有催过其他人，而是耐心等待，并且没有半句怨言。和何萧萧同一间寝室的刘冰也丝毫没有不耐烦，一直微笑地在等待着。待所有人都到后，我们在何萧萧的主持下正式开始了班委会。

　　说实话，何萧萧是一个好班长，他很民主，并且很尊重我们女生的意见，所以整个会议的氛围很轻松，不一会儿便开完了。我看看表，大叫："高数的习题课要赶不上了。"而后便要着急跑出去，但何萧萧同寝室的一个同学突然塞给我一个苹果。这个男生很有气质，但是和刘冰的气质还不太一样。感谢之余，我竟然难以控制自己的思绪，心想要是刘冰给我的这个苹果该有多好啊。

刘冰给人一种高冷的感觉，就像夏天给我的感觉一样，但不同的是，夏天是难以触及的梦，而刘冰却近在咫尺。就在我有这种想法不久后的一天，中午吃饭的时候，我在北区食堂遇到了刘冰。刘冰正在吃咖喱鸡盖饭。我则买了干炸黄鱼，走到他餐桌旁，主动和他交谈起来："高数好难啊！"刘冰笑笑，答道："很简单。""为什么，你怎么学得这么好啊？""兴趣呗！"刘冰咽了一口饭，慢吞吞地说："鄙人得过全国比赛的奖呢！"于是我不假思索地提议道："不如咱们一起学高数吧！"正好这个学期高数课的压力比较大，很多题不太会做。刘冰是个用功积极分子，很高兴地接受了这个提议。

　　于是，之后的每个周末，我们都会抽出一天时间，一起在第二教学楼下的大厅学习高数，我们的关系也变得越来越好。可是，渐渐地，我发现刘冰对我的态度和初始时不一样了。每次，他都笑嘻嘻地望着我，而我却不知所措。而且参加活动时，只要我们碰到，他就会凑到我跟前，与我同行……

　　除了我，我们寝室的其他人也看出了端倪，甚至会时不时地调侃一下我。而更夸张的是，我居然梦到了刘冰，梦到他站在我高中校园的长廊上，笑嘻嘻地望着我。意识到问题的严重性后，我想和刘冰说清楚，我当时提议一起学习高数，单纯只是想提高自己的高数分数，并没有想要谈恋爱。而且现在还处于大一的适应期，没有精力也没有资本谈恋爱。其实刘冰有一次也和我说，他觉得大一谈恋爱有点早。所以我相信他应该会理解我的。但当我做好心理准备与刘冰说明情况时，看到他满含笑意的眼睛，想好的话却怎么也说不出口。因为我突然想到，是我主动要和他一起学

青春不解风情

高数的，是我先打乱他的心绪的，现在怎么能伤害他的感情呢？所以我决定在这个学期结束的时候，自然停止一起学习高数。就这样，终于迎来了最后一周的学习。在此之前，我反复思索了很久，怎样才能停止下学期的学习计划，并且不伤害他的自尊心，可一直没有想到一个好办法。当我见到刘冰时，刘冰甚至提出了下学期继续一起学习的建议，而我则沉默以对，没有给予任何回应。见状，刘冰的一双大眼睛严肃地看着我，没有再继续这个话题，而后就开始了学习。我不知道他是否已经懂我的意思，我也不知道我最终是否伤害了他，但我知道，这是我目前能选择的唯一的拒绝方式。只不过，我们之间突然增添了尴尬的气氛。生活便是如此，当希望没有来到时，我们总是翘首期盼；当希望悄然而至时，我们却会因为生活的压力而放弃希望。想到这里，我没有丝毫悔意，我知道属于我的东西终究是逃不掉的，不属于我的东西最终是得不来的。

放假前我们的最后一次见面是在新年晚会后，当时我正打扫会场，哼着："青春不解风情，吹动少年的心……""喂，同志，是春风不解风情。"我扬起头，一眼看到刘冰，嘴里支吾着，红了脸。刘冰本来微笑着，居然也红了脸。半晌，他意味深长地说："这周什么时候从家回来？到时候我们给你过生日。"

他的一句话化解了我们之间的尴尬，而我也开始期待这个生日的到来。女生过生日是何萧萧和刘冰负责的，对于他俩来说，最珍贵的莫过于帮女生过生日时的创意。前次陈晴过生日，下雪了，他俩带着我们寝室另仨同学给陈晴在学校的古典建筑旁照了好些相。还选择了一张照得最漂亮的合影放大了，送给陈晴。整个过程中，陈晴都在笑，没见她这么高兴过。冬天的太阳，柔和而温暖，直射在洁白的雪上、树上、建筑物上和操场上，映着阴冷的蓝色和安静的白色。这安静而热闹的冬天，寒冷而温暖的冬天，给我留下了深刻印象。

复习高数使我焦头烂额，回校时差点错过了期末考试。考高数时，我把黄色的毛线帽子落在了考场，考完后又因为赶作业来不及去取。或许因为这般认真，高数居然考了 99 分。真是开心啊。

期末考完试，我找到夏天一起吃饭。我向周围一望，他们班上的两名同学正似笑非笑地望着我俩。我抬头看了一眼夏天，他一副若无其事的样子，慢条斯理地吃着，丝毫没有要解释的意思。许久，夏天问我："找我有什么事？"我直言不讳地说："我想去旁听你们系的课，来提高自己的编程水平。"夏天半晌说不出话来。看着他，我觉得既好气又好笑。突然想起高中的时光，那时，我们两个班偶尔会一起上物理课，他常常到前面去做题，惹得不少女生频频看他。有一次，老师让他讲题时，他抬起头还望了我一眼，我浮想联翩了半天。我望望他们班上的两名同学，不知怎么，鼓足勇气说道："不如你当我男朋友吧？"夏天急忙说："你慢慢吃，我还有考试，先走一步了。"说罢，背上书包拿起餐盘扬长而去。"冷酷！"我心中暗想，"你会因此而后悔的！"而这个令他后悔的计划是什么呢？我思忖了很久，首先就是要让自己有优秀的学术研究，这也是我一直努力学习的原因之一。

　　放假之前，出来了3科成绩，有的不错，也有的不够好，在这所重点大学，竞争是十分激烈的。作为一名本地学生，入校门槛比省外学生低，所以有很大的压力。因此，我一定要加倍努力！我在书店翻了一本又一本书，选了几本新出版的教材和习题集，买了下来。一到家，我就翻出新买的书，开始一道一道做题。数学和程序设计的习题都很有意思，做完一道就很有成就感，很想再做下一道。

第五章

校运会上宣传海报极醒目
图书馆里读书学习很入迷

时间过得很快，我们也迎来了新的学期。刚一开学，何萧萧给我们各班委开了班委会，中心思想为：本学期工作的重心在校运会和班级刊物的制作。"王玥，校运会的宣传工作以及班刊的绘制，皆由你主要负责。"最后何萧萧还不忘嘱咐大家，"大家要全力以赴，争取在比赛中取得好的成绩。同时，也不要忘记要搞好自己的学习。大家注意了，一定要努力。"

刘冰笑嘻嘻地望着我，问道："你 QQ 号是多少啊？"我告诉他后，又说："对了，快过年的时候我居然看到你的名字在班级网站上亮着，还以为你当时在学校呢，后来才发现自己可能是看错了。"刘冰神秘地笑笑，不作声。

3月，草长莺飞的季节，我们迎来了一年一度的校运会。我和刘冰先去找学长请教了些工作经验。这位学长是出了名的敬业与用功，敬业到什么程度呢？他会在比赛前一天就去操场上占地儿，彻夜不眠，只为给自己的班级占个好位置。而我们也从他身上学到了不少经验。但我并没有要彻夜占地方的心思。

为了落实何萧萧的指示，我们班6个女生来到寝室的客厅，准备宣传所用的材料。我找出新买来的颜料和笔，向陈晴说道："咱们画些什么好啊？"陈晴笑着说："我去找本漫画来，咱们照着画。"于是陈晴翻箱倒柜地找到了一本很可爱的卡通图画书。我们6个自由组合，很高兴地画了起来。其中一幅是粉红色的背景，上面是一只可爱的兔子，还有小熊和小鹿。另一幅是以蓝色海水为背景，上面有鲜艳的帆船和太阳。李文文负责调色，结果调着调着抹到鼻子上去了。我也调起了粉红色，那感觉仿佛在吃冰激凌，特别放松。陈晴和徐丹描绘着细节部位，王诗悦和吴蔚大面积地勾画着背景图案。我调好了颜色，也过来帮着涂抹。

"王玥，你看这里行不行……对了，还有那里……"不到1个小时，2幅大型招贴画就大功告成了。王诗悦又在相对较大的彩色纸上写了好几张宣传口号。譬如"加油！计算机系23班！""绝不一般，计23班！"等。她书写用的是柳体楷书，给人以娟秀、舒展的感觉。

大家解散后，陈晴对我说道："我从学姐那里借了运动服，入场式时穿的，你陪我去拿吧！""好的！"我俩兴高采烈地骑车去学姐的寝室拿衣服。我接过雪白的运动服，心情无比舒畅，心里暗暗地想："这些学姐学长真懂美学，专门买来白色的运动服，穿上肯定英姿飒爽。"我们把衣服分发给女生们后，想把剩下的衣服拿到何萧萧和刘冰那里。陈晴给何萧萧的寝室打去电话，说："麻烦帮忙找一下何萧萧。"半晌，道："他不在啊。""那你知道他在哪里吗？我有急事找他。麻烦你了！"我发现她眉毛一挑，"什么，他在操场上？那好，谢谢了，我这就去找他。""怎么样？"我问。"据说他们要在操场守夜占地儿呢，真够拼命。待会儿咱们去看看他们，顺便把运动服带去。"

　　早春 3 月，晚风习习，依旧有点凉意。到了操场，我们抬头一望，何萧萧、刘冰、吴双三人正在离主席台最近的地方坐着，高兴地交谈着，很远就能听见他们的声音。吴双是我们班的体育委员，后来补选上的，他个子高，浓眉大眼，文质彬彬，又不乏阳刚之气。他穿了一件单薄的红色外套，领口拉得很靠上，时不时还一跳一跳的，似乎很冷的样子。陈晴一到那儿，就说："吴双，你很冷吗？"吴双笑笑没有说话，而一旁的何萧萧却有一些不自然。吴双与刘冰见状，拿着我们拿来的运动服，下看台去带给其他同学了。

　　"其实你们没必要学别人在这里守候很久占地儿啊。"陈晴开口道。何萧萧则默不作声。我和陈晴只好无趣地走开了。临别时，何萧萧说："明早 5 点可以进场，别忘了来贴海报啊。也不知道你们画了什么海报。"

第二天，我们全班同学起了个大早。我拿着胶带和海报，与几名女同学一起到操场上去贴。我们的横幅抢到个又高又醒目的位置，海报也贴得到处都是。每张海报末尾都写着"计23班宣"的字样，我的目标是希望全校师生都听说过计算机系23班，对计算机系23班有好印象。

入场式，我们班20名运动员穿着雪白的运动服，迈着整齐的步子矫健前行，经过主席台向右看时，全场响起热烈掌声。入场式后，很快要到我的参赛项目了——田径女子200米。我来到主席台下面的跑道，进行赛前的检录。看着那些运动员，有很矫健的，也有几个瘦长型身材的。还有一名身着红色短袖运动服的女运动员在检录不远处压腿，并用红色的头绳将头发扎在脑后。看到如此强劲的对手，我不禁打退堂鼓。心想："今天要毫无所得地回去了。""王玥，加油！"突然间，我听见熟悉的声音。抬头一看，徐丹正站在跑道一侧，两手做喇叭状，为我鼓劲。她身穿一身白粉相间的衣服，纤细的身材，嫩白、瘦小的脸颊上泛着绯红，两只细长的眼睛笑得眯成两条缝。我笑嘻嘻地回望，以示感谢，刚刚紧张的感觉一扫而空。我告诉自己，结果并不重要，重要的是奋斗的过程。享受拼搏的过程，就是在享受人生的快慰和挑战的幸福。

　　我以前没跑过 200 米，这次是在体育委员的鼓励下报名参赛的。比赛前一个月，我几乎每天下午下课后就到操场上，顶着凛冽的寒风在跑道上飞奔。我以前起跑反应能力稍慢，担心起跑时比别人慢半拍，只好让李文文拿着秒表帮我计时间。每次练习，成绩都还不错，所以文文每次都很高兴地冲我说："好快啊！"以至于我怀疑是不是她的秒表按下得有些迟疑。好久没和刘冰一起探讨高数问题了。一次，我在操场上跑步，刚好看见刘冰骑车迎面而来，他用鄙夷的目光望着我，说："怎么不学习来练这个。"我侧过头，向前方跑去，心想："没吃着的葡萄，怎会知道葡萄甜！"

　　"各位运动员准备上场了。"喇叭里提醒道。只

　　青春不解风情

听见："各就位，预备。"然后发令枪响了，我很快地冲了出去。因为发令枪声的震动，我觉得自己的一只耳朵像被震聋了，但是跑的距离短，也来不及顾及这个。由于一开始冲得比以往快，我后面跑得有些吃力，有点要坚持不住了。这时，我发现前面有一团红色在晃动，仔细一看，是那个身穿短袖的运动员。她在我前方奋力地奔跑着，红色发带束着的头发，一颠一颠的。我看到她，斗志被激起了，"一定要超过她啊！"我对自己说。我加足马力，向前冲。虽然最终没能超过她，但我还是取得了第3名的好成绩。徐丹在那里笑开了花，李文文要挟着要我请客吃冰激凌。吴蔚则满是羡慕与遗憾，欲言又止。我知道，吴蔚平时跑步成绩和我差不多，但不知怎么，这次她没有报名参加比赛。吴蔚编了几根长而细的辫子，雪白的运动服穿在身上，特别合身，在阳光下，像个光彩夺目的公主。我出神地望着她，想说什么，却什么也没有说。这时，徐丹笑着大声说："吴蔚，今天好漂亮啊！"吴蔚笑逐颜开，美滋滋地说："讨厌，哪有那么漂亮。"

下一个项目是男女混合10人接力，我们来到开阔的跑道上检录。一半人到跑道对面去了，只剩下何萧萧、刘冰、吴双、徐丹和我在这一边。刘冰穿一件卡其色的外套，黑色运动长裤，灰白花纹的黑色运动鞋，他在阳光下露出灿烂的笑容。我想，他和夏天的特质有所不同，却别有一番风格呢。夏天有点拒人于千里之外的冷酷感，刘冰呢，有些温和，总是带着笑意。何萧萧也望过来，半天不说话。徐丹仰头看着天空，深吸一口气，大声说："玥玥，今天天空好蓝啊！快看啊，那边有一只小燕子在飞呢。"

比赛开始后，刘冰在我前面跑得飞快，超过对手很长一段距离。我接过他手中的接力棒，奋力向前跑去，风飕飕地在耳边拂过，只听得周围擂鼓声大作，还有同学大声呐喊。最终，虽然我们没有夺得靠前的名次，但是给每个人留下了一次美好的回忆。

我们的参赛项目到此结束，而后前方捷报频传，陈晴获得田径女子100米第3名，王诗悦获得女子50米拍球第3名等。

最后，我们班的总分为第 12 名，并获得了道德风尚奖。何萧萧激动地上台领奖。在音乐声中，校领导给他颁奖时，我看见他的眼里在闪光。

运动会之后，我们的生活又恢复平静。夏天离开我的生活后，我的精神生活极度空虚，有时我会跑到图书馆找小说看。一天，我寻找了很久，在零星有人坐的座位中间找了个地方坐下。刚一抬头，发现正对面居然是刘冰。与此同时，他也发现了我，我们有点尴尬地互相点了一下头，而后继续看书。看着看着，突然听到书放到书车上的声音，抬头一望，我发现刘冰走开了。没有过多在意，我继续看书。不知过了多久，我好奇他看的是什么书，继而走到书车旁翻看，原来是路遥著的《平凡的世界》。不知为何，我有了一种很奇怪的想法："他刚才似乎故意发出很大声音，告诉我他走开了，那他是不是在间接给我推荐这本书呢？"于是我开始拜读这部大作。

再看见刘冰的时候，他显得有些局促。我仔细地打量一番，突然觉得他眉宇之间有点书香气，有种别样的魅力。他被我看害羞了，赶紧把目光移向别处。

从那以后，我经常在计算机系的图书馆自习。刘冰、何萧萧和陈晴也经常在这里出现。

我们计算机语言程序设计基础课要在期中时交一个大程序，我费了很大的劲也没弄好。那天刘冰一过来，我就鼓足勇气对他说道："你能帮我看看我编的程序吗？"刘冰很爽快地答应了，并给我提出不少宝贵的意见，末了，他很高兴地说道："你编的程序结构合理，语言精练，造型美观，不失为一个很好的程序。"受到这样的评价，我十分高兴。

第六章

"非典"时期努力学习不放松
教学楼里独自自习遇刘冰

2003年，平静的大学生活被突如其来的疫情打破，我们计算机系自己的院庆活动也因此而推迟了。面授课程也普遍停止，老师们制作了课程光盘发给每个寝室一套供学生学习。图书馆和自习教室都采取隔行隔列就坐。教室里人很少，就好像放假了一样，但是每个人都没有放假那么放松。

我骑车经过图书馆、教学楼、食堂和浴室等地，门口皆有学生戴着口罩站岗。据说这是学校治安服务队发起的活动，这些志愿者闲暇时在公共场所维持秩序，控制来往的人流。

我的电脑有故障，看不了老师的课程光盘，只好拿到机房去看。机房很安静，没有几个人，大家同样是隔行隔列就坐。我选好机器，打开电脑，装上耳机，用电脑播放光盘。本以为会是一个枯燥的过程，但视频中的老师热情丝毫不减，就如平时给我们上课一般，语言丰富又言简意赅，内容全面而触类旁通。尽管如此，视频上课还是不如线下上课效率高，因为老师讲的仅仅是理论知识，实践方面不能手把手指导我们，所以我在编程的时候花费了不少时间。机房整天都亮着灯，我在那里待了五六个小时，茫然不觉。出了机房，天都已经黑了，校园里橘黄色的路灯照的学校特别亮堂。

在食堂吃过饭，我骑车又来到计算机系教学楼，锁上车，向门卫出示了学生证后顺利进入教学楼，而后直奔三楼自习室。自习室里有几个学生，都戴着口罩，相互间坐得远远的，我找了个座位坐下开始自习。我翻开课本，学得特别入迷。突然，刘冰来到我的座位旁边。这些天都没怎么见到认识的人，所以看到刘冰我感觉特别亲切。我转过头，望着刘冰说道："好长时间没有见到你了。"刘冰问我："最近在忙些什么呢？"我满心欢喜地说："没忙什么，学习呗。好些课程都必须自学了，压力好大啊！"我望着他，刚要再说些什么，自习室里进来一个人，我向门口望去，原来是徐丹，而她正凶神恶煞地看着我俩，刘冰则欲言又止地向我挥挥手，走开了。

第七章

担纲编辑班刊获喜人成绩
学生超市闲逛遇刘冰购物

为了班级刊物的顺利制作，何萧萧又召开了班委会，要求我们把制作班刊当作工作的重心，将其做好。说起班刊，势必要提起吴双。吴双是计算机新星，据说他在五年级时就会编写很长的计算机程序。他在设计方面也特别有本事，曾在地区级比赛中获奖。我们这次班刊的编辑就是以他为主力。

班会上，何萧萧主持了一段，望着我说："下面由王玥来介绍一下我们班刊设计及征稿的要求。"被他突然叫到，意料之外，情理之中，来不及紧张，我走到教室前面道："大家好！我们这期班刊的内容以校园生活为主，力求展现个人风采与才华，这有助于增进同学间的互相了解。内容要求积极向上。前期每人收取一篇稿件，中期由编辑在此基础上加工完善，最后由排版和设计人员制作。这次活动，院里将不分年级进行评奖。一方面，希望大家努力配合，为集体的活动出力；另一方面，这也是展现自我的好机会。"

午饭时，在北区食堂遇到刘冰，他问我："怎么样，这次班刊有什么创新之处吗？"我答："还需要多接受宝贵意见呢！"刘冰说："我来帮你吧，保证有创意！"我很高兴地点头道："好啊好啊！"

班委中的几人自发组成工作小组，何萧萧和刘冰负责编辑文字，我负责定基本的格调、找相关图片、编辑框架性的文字说明，徐丹和吴蔚负责部分设计，重中之重的排版设计由吴双负责，我们各自领命回去准备。两天后，除了吴双，每个人都交了差。由于我们的活动是有期限的，所以我只好给吴双的寝室打电话催促他。但并没有人接，他又没有手机，于是我便给何萧萧打电话，询问他："不知吴双做得怎么样了，我们很快就要交差了，你催一下他吧！"何萧萧胸有成竹地回答道："他做得差不多了，而且还挺好的，很快就能交了，放心吧！对了，忘记告诉你，我们寝室信号不好，有时候电话打不进来。如果遇到这种情况，你多打几次就可以了。"

听到何萧萧的回答，我放心了，而后吴双也如约交稿，的确如何萧萧所说，做得很好。最后我们信心满满地把作品提交了上去，并获得了全院第 2 名的佳绩，我们每个人都特别激动！

华灯初上的夜晚，我们几个班委骑车来到 QQ 食堂。QQ 食堂是一家快餐厅，里面专卖冰激凌、汉堡、鸡块、可乐等。为了庆祝班级获得好成绩，我们让何萧萧请客，他腼腆地笑着，请大家喝了杯可乐。

这学期期末考完试，我便从紧张的情绪中松弛下来，开始发现与欣赏周边美的事物。每次从隔壁寝室门口经过的时候，我都会看见墙壁上挂着的蓝、绿、粉色相间的风筝，它像翩翩欲飞的一只小鸟，美丽至极，而我也羡慕至极，总想要借来玩一玩。一天闲来无事，我终于鼓足勇气借来了这只漂亮的风筝，开心地拿着它来到操场上放飞。在这之前，我还从来没有放飞成功过，所以对这次放飞既有期待又有一丝紧张。就当我准备放飞的时候，突然看到在跑道上慢跑的吴双，而他显然也看见了我，向着我跑过来，到了我跟前一脸惊奇地问道："你在放风筝吗？"我灵机一动，说道："在放风筝啊，我还不太会放风筝呢，不如你帮我吧。"吴双接过风筝，举上头顶，向操场中间的塑胶地矫健地跑去。不一会儿，伴着轻轻的微风，风筝就渐渐上升了。吴双找准时机，把手中伴着风筝而转动的轴承递给了我，让我自己放。见风筝飞得很高，我很高兴，缓缓跑开一点，转向吴双，笑着望着他。吴双望着我，也是微笑着。后来不知是不是被石子绊了一下，我一下子跪倒在塑胶地旁的草坪上。吴双赶忙上前帮我，说："怎么摔倒了？"然后伸出一只手拉我起来。我有点不好意思，没说什么。吴双到操场不远处找来自行车，让我坐在车后座上，然后把风筝叠好放在车筐里，载着我来到 QQ 食堂。吴双停下车，让我下车，我在旁边站定，他也下了车，把车锁上，然后热情洋溢地说道："我请你。"我也没有客气，要了冰激凌，而他也和我一样，伴着冰激凌甜甜的奶香味，我俩开始聊天。聊着聊着，我突然想起前两天在网络上看见的一道心理测试题，说给吴双听："用第一感觉分析，我在你心目中像哪一种口味的冰激凌，有巧克力味、奶油味、香草味、香芋味、草莓味、蓝莓味、荔枝味、红豆味、咖啡味。"吴双不假思索道："巧克力味。"我羞红了脸，半晌不说话。因为巧克力味代表的答案是喜欢的人。吴双好奇地问："巧克力代表什么呢？""不想告诉你！"他见我情绪不好，以为踩了雷，赶紧转移话题说："你这周什么时候回家呢，各个科目都已经考完了吧，考得怎么样呢？"我随口说道："还行吧，自我感觉不错。你呢？""大约都八九十分吧。""太谦虚了！"我不屑地说。吴双看了一下手机，笑问："下面你要去做点什么呢？""没什么事做，你呢？"吴双说："我要去一下超市。"由于没有其他事情，我便说道："那我也去吧。"

青春不解风情

于是吴双又骑自行车载着我来到学生超市。我在超市门口瞥见一个非常熟悉的身影，高高的，瘦瘦的，体魄矫健。没错，就是刘冰。我赶紧打招呼："刘冰，你在忙什么呢？"刘冰说："你说在忙什么呢！"见状，我两只手小心翼翼拿起车筐里面的风筝，跟着刘冰进了超市。刘冰一边向四周观望，一边说："我要给我姐姐买个礼物。"见他态度好了些，我赶紧指着一个小巧而精致的札记本，向刘冰建议道："这个本子挺好的欸。就买它吧！"刘冰回过头来看看，摇摇头，说："礼物过于小了，有点不好意思送。""那有什么，礼轻情意重嘛！"吴双站在门口，似笑非笑地看着我俩每人买了一袋东西，先后从超市走出来。

第八章

逢假期同两人畅游游乐园
恰七夕与刘冰共度小学期

　　一次在机房完成数据结构作业之后，我漫无目的地上网浏览，突然间发现游乐园的暑期特价票是45元1张，可以玩全部游艺项目。不知为何，我萌生了一个想法——要是刘冰能陪我出去玩该有多好啊！于是，在班级聚会的时候，我准备邀约刘冰。可当我准备开口邀约时，突然有点紧张，而吴双彼时正好出现在我面前，我居然说成："吴双，咱们一起去游乐园玩吧！"吴双正吃着东西，听见我说这话时险些把嘴里的东西喷出来，不过他还是爽快地答应道："好啊！"而后他看我把目光投向他方，若有所思地说："你再问问其他人，有没有要去的。"于是我鼓足勇气跟刘冰说："我们一起去游乐园玩吧！"刘冰没有直接回答，而是问旁边的何萧萧："那是什么呢？"何萧萧解释说："是一种游玩活动，挺好玩的，有好多个项目。"刘冰转过头对我说："好吧，那我去吧！"没有被拒绝，我非常激动和愉悦。

回到寝室，我问另外三个女生要不要去游乐园玩，三人都不愿意，任由我怎么劝说都不答应。无可奈何，我只好把目标转向隔壁屋的吴蔚，可她也不愿意。就这样，直到当天我都没有约到一个女生。为了避免尴尬，我决定取消这次约会，可当我看到满怀期待的两个人时，又不忍心开口了，打消了取消的念头，和他们一起走出了校门。

来到学校附近的地铁站，吴双叫住我和刘冰说："稍等一下！"只见他走到地铁站边上的小卖部，买来3根冰激凌，自己挑了其中蓝莓味的，打开包装吃了起来，又把另外2根冰激凌递给我俩。刘冰让我先挑，我笑着随便拿起一根也吃了起来，边吃边说："吃冰激凌多容易长胖啊，同学！"而后又"打脸"道："好甜啊！"刘冰也打开冰激凌吃起来，还吃得特别慢。不一会儿，我们一同坐上了地铁。

下了地铁，换乘公交车，我们很快来到游乐园门口。天空一片湛蓝，浮云仿若羽毛一般，在阳光照射下绽放光彩，犹如我此刻愉悦的心情。他俩看起来也很高兴。一进入游乐园，我们就被整园的快乐氛围所感染，恨不得立刻冲进去拥抱阳光与欢乐。我们首先来到翻滚的过山车旁边，检票处排了一条长长的队伍，但我们并没有退缩，而是选择了排队，艰难又满心期待地等待了好久，终于轮到了我们。吴双眼疾手快地抢了一个好位置，向我招手道："来，王玥，坐这里！"我迟疑了一下，问："刘冰呢？"往回望了望，我才发现刘冰已经坐在吴双后面的位置上了，而他也正望着我，我不好意思坐在他旁边的位置，于是坐到了吴双旁边。铃声响起，游戏开始了。

车子有节奏地翻滚了好几遍，车上的人不时大喊大叫，气氛热烈又紧张，而我也觉着很刺激，所以当车子缓缓停止时，我很遗憾竟然如此快就结束了。我们兴高采烈地从车上下来，一起来到旁边的旋转木马检票处排队。木马在音乐声中有高有低，错落有致，围绕着一个大柱子飞快地旋转，我脑海里响起了王菲的歌曲《旋木》：

奔驰的木马 让你忘了伤

在这一个供应欢笑的天堂

看着他们的羡慕眼光

不需放我在心上

旋转的木马 没有翅膀

音乐停下来你将离场

我也只能这样

我忘了只能原地奔跑的那忧伤

我也忘了自己是永远被锁上

不管我能够陪你有多长

至少能让你幻想与我飞翔

奔驰的木马 让你忘了伤

在这一个供应欢笑的天堂

但却能够带着你到处飞翔

看着他们的羡慕眼光

不需放我在心上

旋转的木马 没有翅膀

但却能够带着你到处飞翔

音乐停下来你将离场

我也只能这样

……

　　我仿佛回到了幼儿时代，无忧无虑。从旋转木马上下来，我们又高兴地来到旁边休息的座位上。我从包里掏出 3 个红彤彤的苹果，分给他俩吃。休息一会儿后，我们又玩了几个游戏。不知不觉间天色暗了下来，我们坐上返回的公交车与地铁。而后到车站附近的存车处取了自行车，一起骑车回学校。骑着骑着，刘冰说："王玥，唱首歌给我们听吧！"我也没有扭捏，稍稍想了一下，唱道：

也许放弃 才能靠近你

不再见你 你才会把我记起

时间累积 这盛夏的果实

回忆里寂寞的香气

……

　　唱着唱着，刘冰突然特别生气，不知道怎么得罪他了。我赶紧说道："我妈觉得我的声音有点像莫文蔚呢。"刘冰听后表情缓和了些，说："的确是。"吴双在一边说道："夏天就要过去，秋天还会远吗？"一边说，一边微笑着。这是什么意思，真是匪夷所思啊！

　　计算机系的小学期开始了，而我也开始了c++的学习，我校的编程以c语言为主，很多大程序以之为框架。c++与c语言类似，所以只在一个小学期里学一学。随之而来的便是七夕节，校园里面张灯结彩，布置得非常漂亮。七夕节前一天，我收到了刘冰的短信："七夕节快乐！"为此我高兴了一整天，见到谁都笑嘻嘻的，编程速度都比平时快了一倍。甚至还紧张兮兮地怕见到刘冰，不知道自己会说些什么。

青春不解风情

第二部 大二努力时

第一章

赴夏天系里选修离散数学
准备比赛共唱明天会更好

　　新学期，我选修了夏天他们系的一门较难的离散数学限选课课程。他们系的男生真的很多，听坐在我旁边的男生介绍，他们班总共 30 个人，只有 5 个女生。当我四处张望的时候，突然发现刘冰正坐在不远处。于是我走上前去打招呼，又很自然地坐在他旁边隔一个的座位上。上课铃响起前，一位 40 多岁的老师匆匆进了教室。夏天紧跟着出现了，他身穿一件深蓝色短袖 T 恤、黑色牛仔裤，斜挎一个背包，恰好坐在我前面一排的座位上。我望了夏天一眼，他分明能看到我，却没有任何反应，我不禁疑惑。上课过程中，我积累了一些问题，写在一张纸上。下课后，我问刘冰："这些问题，你能帮我解答一下吗？"刘冰满脸狐疑地望着我，继而转眼看看那张纸，抱歉地说道："我也不是十分清楚，不如你再问问别人吧。"我拿着纸，来到正低头奋笔疾书的夏天旁边，问道："同学，能帮忙解答一下吗？"夏天抬起头，没有任何惊讶，很流利地简单讲了讲，然后把纸条塞给我。他讲得虽然简短，却一步到位，点到即止。我清楚地记得这是周五第一节离散数学课，这门课一共4学时，还有周三的第二节课也是上这个。这是数学课里较为复杂的一门课，一般是大三上学期选修，我提前参加这门课程的学习，主要是因为课上有熟悉的同学，可以一起研讨。

第二次上离散数学课时我并没有看到夏天，不知他躲到哪个角落里了。下课后我和刘冰、何萧萧一起走出教室，何萧萧行色匆匆，望了刘冰一眼，又看了看我，说："我还有事，先走一步了。"说完，他骑上山地车，扬长而去。刘冰和我悠闲地一起骑车离开。途经北区食堂，我想要下车吃饭，刘冰犹豫了一下，也与我一同走进了食堂。我转头看他一眼，和他说了几句话，他的声音有些许颤音，很惶惑地看着我。我想："他怎么紧张啊？"吃到一半，我到小卖部买了两瓶水回来，刘冰接过去一瓶。吃完饭我们便分开了。

几天后，辅导员召集我们年级的同学到主楼三层的阶梯教室开班会。辅导员说："这学期学校规定了主题为'冬日恋歌'歌唱比赛，要求以系别为单位由大二的学生参加，每个单位要唱两首歌曲，自由组织，大家一定要加油啊！"徐丹作为文艺委员，对比赛初期的准备工作做了基本的分配，包括借服装、确定歌曲、分配音部、分配伴奏及指挥人员等。

两天后，我们人手一册歌曲卡片。选定的歌曲之一是《明天会更好》。平日闲暇的时候，我们相聚在寝室里，一起认真地练习。陈晴和我是女低音，李文文和徐丹是女高音，整个寝室飘荡着动人的旋律……

晚上上自习时，我们依然沉浸在美妙的旋律和优美的歌词中，对未来充满期许。我们也发觉，唱歌不但是一项很好的消遣活动，更是一种对美好事物的享受。

轻轻敲醒沉睡的心灵

慢慢张开你的眼睛

看看忙碌的世界

是否依然孤独地转个不停

春风不解风情

吹动少年的心

让昨日脸上的泪痕

随记忆风干了

抬头寻找天空的翅膀

候鸟出现它的影迹

带来远处的饥荒

无情的战火依然存在的消息

玉山白雪飘零

燃烧少年的心

使真情溶化成音符

倾诉遥远的祝福

唱出你的热情

伸出你双手

让我拥抱着你的梦

让我拥有你真心的面孔

让我们的笑容

充满着青春的骄傲

为明天献出虔诚的祈祷

谁能不顾自己的家园

抛开记忆中的童年

谁能忍心看他昨日的忧愁

带走我们的笑容

青春不解红尘

胭脂沾染了灰

让久违不见的泪水

滋润了你的面容

唱出你的热情

伸出你双手

让我拥抱着你的梦

让我拥有你真心的面孔

让我们的笑容

充满着青春的骄傲

为明天献出虔诚的祈祷

轻轻敲醒沉睡的心灵

慢慢张开你的眼睛

看那忙碌的世界

是否依然孤独地转个不停

日出唤醒清晨

大地光彩重生

让和风拂出的音响

谱成生命的乐章

唱出你的热情

伸出你双手

让我拥抱着你的梦

让我拥有你真心的面孔

让我们的笑容

充满着青春的骄傲

让我们期待明天会更好

再一次上离散数学课，夏天又不知所踪。他这种冷漠的态度使我感到很难堪。既是高中同学又是大学同学，我不明白他为何如此疏远我。又过了 1 周，周三上午上完课，我和刘冰出来找车时，看到了久违的夏天，他正与吴双聊天。我走过去，唤了一声夏天，尾音略带颤音。夏天仿佛没看见我，依旧在和吴双聊天，倒是吴双礼貌地笑着说："王玥，你也选了这门课，英雄啊，多难啊！"说着拍拍夏天肩膀，说："老弟，那我先走开了。"说完便骑上自行车离开了。夏天露出微笑，望了我一眼，却发现刘冰推着车出现了，沉沉地说了声："你怎么也在这里？"然后缄口不言，仿佛想说，真不凑巧。夏天推车走了几步，回望了一眼，飞身上车离开了。

第二章

做心理测试探究人们心思
用歌唱比赛联络同学感情

我从网上发现了某道心理测试题，以短信的形式发给夏天："棉花糖、口香糖、曲奇饼、巧克力、奶油蛋糕和烤肉，你觉得我像什么？"据说这个测试特别准，可以测出人与人之间的关系。他回答说："棉花糖。"我问道："为什么呢？"不知道他是否知道问题的答案，他又不答了。棉花糖的答案是喜欢的人。如果答案准的话，即使夏天不知道答案，或许他也是有感觉的，好开心啊！

故事的转折发生在我因为测试开心得天旋地转的一个周末。当天我在南区食堂吃完饭，想要到旁边的报刊亭买报纸，还没走出食堂，就听见一个熟悉而有点陌生的声音说："今天太累了，改天我再陪你出去好不好？"偏头一看，夏天的眼睛闪着亮光，含着笑意，一只手抓着一女生手臂，另一只手揽着她的细腰。女生任性地说："不行，就要今天去。上次逛街看到的水晶挂饰，我好喜欢啊，顺便买来吧！"不知为何，我火冒三丈，却若无其事地走开了。

回到寝室，我大哭一场，唯一在场的李文文怎么也劝不住我。她耐心地问我发生了什么事，我觉得丢脸没有说。但我下定决心，一定要找到一个比夏天更好的男生。两天后，我跟李文文说我想找个男朋友了。李文文说："刘冰不是和你很熟吗，人也不错。"她话音未落，我的脑海里便浮现出刘冰瘦瘦的脸，深沉而又清新自然的样子。

"青春不解风情，吹动少年的心……"我一边在头脑中回荡着歌曲，一边写离散数学课作业。我校周四下午是学生活动和自主学习的时间，没有安排相应课程。下午刚开始，第一教学楼的自习教室就挤满了人。我不得不感叹，真不愧是 A 大，同学们都相当用功。我的学习课程很紧，有很多作业要做，自然是很早就赶到第一教学楼抢座位。数学题特别引人入胜，做着做着，自己就完全被吸引了进去，全神贯注地想象着运算的过程。做完了，题后有答案，对照一下，正确，则特别有成就感，就仿佛痛饮甘醇一样。为了不被熟人打搅，我没有去系图书馆自习，而是在这座像高中时的教学楼里抢座位学习。之所以说像高中，是因为系图书馆的桌椅十分宽大，而第一教学楼的桌椅就像高中时的桌椅，蓝白色相间，方方正正。自习一段时间后，我来到设施齐备的第一教学楼门口，目光扫向自助售货机，买了一听绿茶，就当我取货的时候，突然听见一个熟悉的声音说："真惬意啊！"转头一看，刘冰站在那里，他身穿一件卡其色外套，深蓝色牛仔裤，背上斜挎着一个单肩书包。我拉易拉罐的拉环，怎么也拉不开。刘冰赶忙说："我帮你拉！"说着，一把拿过去易拉罐，捣鼓两下就拉开了，然后递给我。我很甜美地喝着绿茶，问道："你也在这里自习啊？""来自习室不自习做什么？"刘冰貌似有点不高兴，"我还有事，那我先走了！"我点点头，来不及说什么，只见他小跑向教学楼门外去了。

从下午1点自习到六七点钟，肚子咕咕叫后，我便到第一教学楼旁边的南区食堂吃饭。我去得比较晚，所以几乎不用排队打饭，但却不剩几个菜了。不过还好有我爱吃的米粉肉，只剩最后一份了。米粉肉有一种独特的米酒的味道，肉肥而不腻，米甜而入味，相当可口。打好饭，我正找坐的地方，突然看到有人在招手，仔细看竟然是吴双。吴双转身走向饮品窗口，片刻后，端了饮料来，递给我一杯。"上次在离散数学课上看见你，眼见要期中考了，复习得怎么样了？""书上的题都做了一遍，还有个别不太会做的。对了，你怎么也选了离散数学这门限选课？"吴双边吃着碗里的菜，边说："得抓紧时间选些难度大的课程，为以后考研留出些时间来嘛。你又是为何选了这门课？"吴双的一双大眼睛含笑而视。我突然觉得脸上有些发热，低着头吃饭，回答道："我仅仅是比较感兴趣而已。"其实我是言不由衷，因为只有我自己知道，我是为了夏天，和吴双比起来真是自惭形秽！

夏天再也没在我眼前出现过。我和刘冰一起上课、吃饭，似乎形成了习惯。虽然没有和夏天在一起那种脸红心跳的紧张感，但是也别具一番滋味。一次吃饭，我突发奇想地问："刘冰，你平时喜欢看些什么书啊？""数据结构。"稍做停顿后，他补充道，"哦，不是，小说吗？《拿什么拯救你，我的爱人》。"我的脸羞得通红，半晌说不出话来。刘冰幡然大悟，说："这是和法律密切相关的一部著名小说。"在他的引导下，我借来这本书，如饥似渴地阅读起来。从书中，我仿佛看到了刘冰的精神世界，荡气回肠的故事显示出推荐者丰富的阅读经历。

周末回家途中再没了平日回家时的闲暇，头脑中反复回想着小说中的内容。看到报刊亭，我买了本时尚杂志，发现杂志中有这样一道心理测试题：假设由你设计我们第一次相遇的场景，你希望是在哪种交通工具上？有好几个答案可供选择：火车、长途汽车、飞机、轮船、乌篷船、太空船……我觉得比较有意思，于是把这道测试题以短信的方式发给了刘冰。刘冰立马回道："有病啊，你！"对于这个回复，我着实没有想到，所以很受伤害，回复道："不好意思，打搅了！"刘冰又立刻回复道："轮船。"我一看，赶紧找对应的答案，这才发现轮船代表一见钟情的人，而我的心情也愉悦起来，整个周末做题的过程中都如沐春风。

回到寝室，我把从家里带来的苹果和香蕉分给室友们后，哼着小曲骑车到系图书馆自习。到门口时，门禁的声音一响，我回头一望，居然是刘冰。刘冰身穿深棕色外套、深蓝色牛仔裤和黑色旅游鞋，朝我走了过来。他微皱着眉，一副欲言又止的表情，张开嘴，半天却没说什么，又很快地走开了。我思绪万千，他这是为什么不说话，又为什么走开了？

思忖半天，我猜可能是因为那道心理测试，或许他想要解释些什么，但不知如何开口。

期中考试过后，男生节就要到了，校园里张灯结彩。女生们在讨论男生节怎么过。陈晴说："不如每人用水果做成一碟小菜，既好吃又实惠。"

"那还不如每人送个水果实惠。"李文文打个哈欠，懒懒地说。

"咱还是大吃一顿去吧，呵呵！"徐丹说，她抬起头看看我，又说，"干什么去，王玥，怎么又背上个大书包？这刚刚考完试，干吗这么用功。"边说边要帮忙把书包卸下来。

"我不如你们天资聪颖，笨鸟总要先飞嘛！"说完，我笑嘻嘻地出门，"男生节怎么过我都赞成！"

我来到第一教学楼，锁车的时候，恰好看到刘冰。旁边的美术馆外灯火闪烁，墙上贴着一张很大的海报，名为《法国著名画作赏析》。我望望刘冰，他也正向那边望去。"今天晚饭后，咱们来看这个画展吧！"我紧张得快要窒息。

"这个……"刘冰犹豫一番，勉为其难地说："好吧！"

整个下午，我满脑子想的都是画展，没解答对几道题。大约 5 点，刘冰就来找我了，并说："是你发现了画展，为表示感谢，理应我请客！"我们去的时候，南区食堂还没什么人，不过却看见了陈晴。陈晴看到我给刘冰买的水，难以掩饰脸上的疑惑。刘冰炫耀说："我要和王玥去看画展呢！"陈晴惊讶而羡慕地说："什么画展，怎么王玥不叫我一起去？""是吗？"刘冰欲言又止，看了我一眼，最后还是冲着陈晴说："不如一起去？"陈晴突然羞红了脸颊，不好意思地说："对了，我今天晚上还有选修课，还是算了。"吃完饭，陈晴独自向第二教学楼走去。许久，我才想起应该事先提醒她不要在寝室八卦这件事，但想到陈晴一向沉着，心中也没太担心。

画展所展出的作品不是简单的写实作品，而是各有自身特点的。

看完画展，刘冰很激动，许久不说话。我心情也很舒畅，望着主干道上路灯照射着地上散落的黄色树叶和来往的行人，这世界的一切事物仿佛都变得更为美丽了起来。

"冬日恋歌"主题歌唱比赛马上就要开始了，我们年级的同学在艺术楼多功能教室加紧练习。辅导员看着我们，听着我们用心演唱。

悠扬的乐曲，丰富的歌词，深深地印在我们的脑海里，我们红扑扑的脸相互映衬着，露出会心的微笑。

比赛当天，我们身穿淡黄色飘逸的礼服，站在高高的舞台上。舞台下聚集了观众，人很多，而我们也不自觉地感到紧张。音乐响起，4个声部的和声圆润动听。

我们很快完成了演唱，过了很久，最后一个院系的演唱结束后，开始宣布比赛结果，我们系荣获最佳组织奖！我们欢呼雀跃，心里都很高兴！

青春不解风情

第三章

同刘冰聊天错误制造谜题
被陈晴影响开始绣十字绣

　　这学期最后一次上离散数学课时，我和刘冰坐在一起。其间有个问题我不理解，问刘冰。他拿出一个笔记本给我看，上面隽秀的笔体、整齐的笔迹，清楚地再现了整个解题过程。他用十分简练的语言为我解答了一下。我突然发觉，除了夏天，同样有人能把数学学得很好。下课后，刘冰和我一起走到食堂门口，把车锁好。因为刚下过雪，天气骤冷，我不禁瑟瑟发抖。刘冰装作没看见，很快走进北区食堂，买了牛肉拉面，说："今天教你一招，这种面特别好吃！"也许是因为太冷了，我突然说："今天好冷啊，和冬天比起来，我更喜欢夏天！"刘冰若有所思地说："夏天，不是你同学吗？"我很郁闷地说："没，没有，我说的是天气。"好紧张，呵呵。

晚上 10 点，回到寝室，我打开电脑，在 QQ 上遇见刘冰。

刘冰说："有什么新鲜事吗？"

我战战兢兢地回答："我特别佩服一位同学。"

刘冰很随意地问："是男生吗？"

"对啊，对啊！"我想他一定会识破我的，此时的我心都快跳了出来。

刘冰接着问："是咱们班的吗？"

不知为何，我突然撒谎道："是其他系的。不好意思，太晚了，我先下了！"

刘冰发来一个小笑脸，我看后笑嘻嘻地下线了。

转眼已是期末，我和徐丹在图书馆自习，下午 4 点半图书馆闭馆后，我们决定去隔壁的教室继续自习。到达后，我俩惊奇地发现，教室里只有陈晴一个人，而她不知在做什么。我俩走近一看，发现陈晴在绣一个很大的十字绣，由浅入深的碧绿底色，映衬着金黄色含苞欲放的郁金香。徐丹眼睛睁得老大，问："是在给朋友绣礼物吧？"陈晴点了下头，继续娴熟地绣着。

这学期选修的微积分课太难了，有点像做物理题，存在一些需要想象的情景，想错一点就会分数尽失。我对这门课程还是非常有兴趣的。因为期中考了90分，所以我觉得这门课考试较为简单，没什么难题。当我自信满满地参加期末考试的时候，心中却充满了困惑。本来书上是有些难题的，但是我依据期中考试的难度，选择了大量较为容易的题目练习。然而考试时却发现篇末有几道类似书上的难题，我答得很不好。翘首企盼着分数下来，最后得了79分。听说同学中有很多得90多分的，79分成了倒数几名。总结原因，不外乎是由于自己思想上开小差，对以往的学习也过于自信，因此有些不用功造成的。于是我打算改变自己，多用功学习。

整个寒假，只要教学楼开放，我都会去系图书馆学习。虽然临近春节，图书馆仍熙来攘往。有天去超市买东西，看到一种十字绣，是十二生肖，每个上面画有一种动物，惟妙惟肖，颜色鲜艳，特别漂亮。于是我拿起一只老鼠图案的十字绣，仔细端详，发现这只老鼠眼睛很大，耳朵也很大，圆圆的小鼻头，旁边是笔直的胡须。我弟弟的属相是鼠，我望着这只活灵活现的小老鼠，发觉它和弟弟似乎还真有些相似。先放到一边，准备再挑选其他动物图案的十字绣。突然，一只怒目圆睁、头上写有"王"字的金色老虎出现在我面前，我想起吴双，便把老虎图案的十字绣和老鼠图案的十字绣放在一起。挑选完后便去结账了。

　　回到家，我掏出刚买的十字绣，开始琢磨起来。打开老鼠图案的十字绣，主要由几部分组成：正方形透明塑料外壳，一小绺彩色线，一片雪白色纸的背景材料，一张草图图纸和一根又细又尖的针。那张背景材料上面整齐地排布着很多小孔，针穿入可以固定住十字绣。一小绺彩色线有大用处，每缝几针就需要换一种颜色的线。

第四章

法学基础课后转系法学院
第二次校运会勇夺第一名

这学期我选修了法学系法学基础课程，老师讲得新颖、生动，吸引了很多同学，和计算机系课程条条框框的程式大不一样。由于上学期有一门科目得了79分，我感觉难以推荐保送上本系研究生，于是我转系到了法学院。

初到法学院，压力很大，毕竟相比其他同学，我落下太多课程，所以我一次性借来10本宪法、法理学和民法的相关图书，整日认真学习。

在学长的提示下，我看了有关国外法律的几本书，大有所获。我在法学院没有几个认识的人，觉得很陌生，错过的课程又多，所以整天处在高压的状态下，整个寒假都在法学院图书馆度过。突然有一天，我在图书馆看到了吴双，他眉开眼笑地说："王玥转到法学院怎么也不告别一下？居然找不到人了。还以为你生什么病了呢！"

我惊奇地问："你也来法学院了？"

"不信吧？"他看着我在图书馆宽大的桌子上放置的几本法律书，笑不作声。我心中升起一团热潮，热乎乎的。虽然不是什么他乡遇故知，却也发觉自己满心欢喜，兴奋之情溢于言表。

我转系申请得比较晚，暂时还没有换寝室，而且我也不想搬，总觉得现在的寝室有家的感觉，很温馨。陈晴总是早出晚归。徐丹有了男朋友，再也没和我一起吃过饭，和以前大不一样，不过她每天晚上10点还是会准时回到寝室。李文文在寝室的时间比较长，我俩的关系也越来越好。有一次，李文文和我在南区食堂一起吃饭，她说她特别喜欢吃干锅土豆片，建议我也尝一尝。我买来一吃，真的很好吃，特别有味道。我买来雪碧，请她喝一听。我说我快要交论文作业了，老师说写论文必须有自己的想法和语言。以前我写论文主要是将别人的文章组合，自己写的话很多都表达不清晰。李文文安慰我说，多练练，写得纯熟了就好了，加油啊！我笑着谢过她，我俩高兴地从食堂回到了寝室。

在离开计算机系后，我又参加了校运会。计算机系一个年级有四五个班，属于大系，被分在甲组。法学系本来每个年级有两个班，加上转系生组成的一个班，一共有三个班，低于甲组系别最低要求的四个班标准，故而法学系被分在乙组。

比赛当天天气阴霾，淅沥沥下着雨，操场跑道上没有什么人。田径女子 200 米检录时，起跑线上只有四个人。枪声响了，我快速飞奔出去，雨在风中大滴大滴地撞到我的脸颊上，打湿我的衣服，我局促地呼吸着，努力地摆动手臂，奋力向终点冲刺。最终，我获得了田径女子 200 米乙组第 1 名。到跑道尽头，我发现刘冰正打着个深绿色的大伞，笑着望着我。我喘着粗气向他走过去，他把伞向我这边一伸，我顺势来到他伞下。旁边有个女生正转身望向我们，我仔细一看，发现是徐丹，她穿一身天蓝色运动衣，打着一把天蓝色的小伞。刘冰说："徐丹，你也在体育部？"

徐丹有点疑惑而嫉妒，迟疑了一下，说："对啊。"

"今天天公不作美啊！"刘冰说。

"王玥最近怎么没去上课呀？"徐丹关切地问。

"我申请转系到法学院了，你竟然不知道！"我夸张说道。

徐丹好奇地说："是吗，法学院好玩不好玩啊？"

"挺好玩的。"我说。

"转系了也不说一声，害得我满处找你呢，真有意思。"刘冰抱怨道。

徐丹望着刘冰，不说话了。

第五章

学生食堂会高中时代学姐
法学院系遇原来院系同学

    到法学院后，得知我的一个高中学姐也在法学院就读，于是特别兴奋地联系到她。学姐和我的第一次见面是在东区食堂风味餐厅，我在餐厅门口等待学姐到来时，一个身穿粉色衣服的大眼睛女生突然出现在我眼前，问道："请问你是王玥吗？"我满心欢喜地回答："对啊，是的，学姐好！"就这样，我们一同进入食堂大厅内。我买来平时吃的饭菜，学姐买来麻辣烫，还请我吃了一点，味道挺好的。学姐是文艺部的，正在物色五四青年节晚会的主持人，她见我比较合适，所以热情地邀请我去主持。我说上次晚会的主持人是我们班上的另一名女同学，可以推荐给学姐。可学姐却连连摇头，说应该换换人了，不能把机会都给同一个人。对于学姐的坚持与支持，我感到幸福而紧张。虽然以前有些许主持经验，但面对这个挑战我还是有些担心。而后续的准备事宜，学姐说会好好教我的。我的当务之急是抓紧学习，毕竟刚转到法学院，有很多知识还需要学习。吃完饭后我来到学姐的寝室，学姐塞给我几本课本和英语书及磁带，并分享给我一些学习法律的经验。她说听课记笔记不要一字字地记录，而是应该根据老师的讲述记录大概的意思，记录总体内容即可。满载收获的我心怀感激地离开了学姐寝室。

想起学姐对我委以的重任，为在主持时不紧张，我赶紧向吴双求救。我在转入法学院后又看见过吴双一次，是在图书馆。我每天晚上在图书馆自习，图书馆9点50关门后，我拿好书本从图书馆出来再到三层的教室，选择一个位置继续开始自习，直到晚上10点半教学楼熄灯。那天在图书馆看见吴双，我俩一起从图书馆来到三层的教室，熄灯前的铃声打响了，教室里只剩下我俩。我俩一前一后走出教室，我想起晚会主持的邀约，便跟吴双说："你愿意参加五四青年节晚会的主持工作吗？"吴双听到后眉开眼笑的，问："还有什么人参加，你也主持吗？"我有点紧张地说："对啊，你去吗？"吴双说"可以呀！"于是我长出一口气。出了教学楼，我看到一位穿红色连衣裙的女生在吴双旁边。吴双打开车锁，抬起头，礼貌地说："学姐，您好啊，您没骑车吗？我载您吧！"女生略微有点难为情地回答："不用了。"我想说我的车后座被我爸拆掉了，载不了人，不知为何却没有说出口。吴双和我一起骑车走开了。

　　漆黑的天空在橘黄色路灯照射下被映衬出藏蓝色的光芒，我和吴双骑行在路上。许久，我才好奇道："你怎么也转到法学院了？"吴双笑着说："那要看个人兴趣了。其实文理科都一样，学好了以后都能够成就一番事业。"

第六章

学舞蹈不慎崴脚弄伤右踝
住医院积极努力完成作业

一天下午，我来到操场上沐浴春光，正好看见徐丹在操场一角的塑胶地上练习民族舞。我跑到徐丹跟前，站在她后面跟她学动作，跳得特别开心，以致不小心崴了一下右脚，疼痛剧烈，半天没缓过劲来。徐丹特别担心地望着我，问："怎么样了，特别疼吗？"过了一会儿，疼痛稍稍缓解了一点。徐丹找来自行车，让我坐在车后座上，把我推到了校医院。校医院里人不太多，先是挂个号，到外科诊室门外排队，前面有一个人在排着。轮到我了，医生询问了受伤的来龙去脉，让我到放射科去拍脚部 CT 影像。等 1 个小时后，拿到检验报告，结果是右脚踝周围软组织肿胀，医生建议住院治疗两周左右。校医院距离学生寝室比较远，教学楼离寝室也比较远，需要骑车到达上课地点。于是我只好住院治疗。

徐丹帮我请了假，并把我的学习和生活用品拿到了校医院。

我环顾四周，医院的墙壁雪白雪白的，住院部的一间房有三张床。我隔壁床位的女生叫徐信月，眼睛挺大，脸圆圆的，看起来文质彬彬。另一边靠窗的床位上的女生叫张新宇，我总觉得和她似曾相识，却又想不起来曾经在哪里见过。

我爸妈闻讯赶来，爸爸拿来一些法律书籍，妈妈带来几个香蕉、苹果，还有一些夹心饼干。我妈妈是学医的，她要求我伸出脚给她看，研究一会儿后，确定没有骨折，就高兴地随便聊聊天，然后他们一起回家去了。我闲来无事，打开爸爸拿来的书仔细研读起来。看了一小会儿，我觉得后脖颈有点痛，只好停下来。这时恰好有位医生走进我们的房间，对我说道："王玥，我是刘医生，是你的主治医生。"刘医生继续说道，

"我看了你的病历，问题不太大，半个月左右就会好了，不要太担心，注意平时多吃一些含钙高的食物，但不要太油腻。目前尽量不要走动，防止脚部更痛。"我对刘医生表示感谢后，他便走出了房间。

校医院晚上9点就熄灯了，房间里有一盏小灯彻夜亮着。我一开始不困，怎么也睡不着，后来，听到同病房两人均匀的呼吸声，迷迷糊糊的也渐渐进入了梦乡。一觉睡到早上6点。醒来后，我在护士的指导下穿衣叠被，因为腿脚不便，护士帮我取来了早餐。通过和两位室友交谈，我了解到，徐信月是美术学院大四学生，张新宇是建筑管理系研究生，而且学习成绩特别好。谈了一会儿，我打开法学教材，开始看书。又过了一会儿，我抬头看看她俩，她俩都有点郁闷，但是不说话。我作为转系生，课业负担是非常重的，大一上的法学专业课程以及大二尚未上过的课程要在一两年内补齐，所以平时我都得全身心地投入法学专业的学习当中。这次脚受伤，平时的课程都听不到了。于是我必须全面学习，并借来同学的笔记仔细研究。

爸爸下午又来看我，带来从老师那儿问来的论文题目，以及笔记本电脑，帮我把电脑连接好后，他又拿出牛奶和芝麻味的沙琪玛，笑道："你妈妈说，食疗有很大帮助，多吃一点。我先出去一下，晚上再来取作业。"医院里并没有网络，查不到网上的资料。我想让别人帮忙找资料，但是又不好意思，只好依据课本上相关内容的几处不同论述写一写自己的想法。

　　作业刚写到一半，爸爸就回来了，我望望窗外，天已经黑了，爸爸疑惑地望着我，对于我的速度他不太满意，但只说了句："抓紧时间写吧！"我赶紧写得快一些，但还是过了很久才写完。我把作业复制在一个 U 盘里面，递给他，请他帮我打印出来，再交给老师。各科目基本上都有一个期中作业，爸爸乐此不疲地辗转于教学楼和校医院之间，请求辅导员帮忙交给各科任课老师。

第七章

度过五一校医院中有奇遇
相遇夏天图书馆里再见面

五一假期我基本都是在医院里度过的。当然，我们这些住院的学生也没闲着，搞了个五四青年节庆祝活动，并在活动室里合唱《明天会更好》。唱完以后，我在后面哼唱被护士长听见了，于是她大声说道："王玥，来表演个节目吧！"突然被叫到，我还来不及紧张就站到了活动室的前方，唱起歌来。我的声音还算圆润动听，有个高年级的女生评价说："她唱得还真有那么点意思，是吧？"我平时唱歌往往有点走调，觉得怎样唱好听就怎样唱，全然不顾歌曲本来的音调，但是偏离歌曲的本来面目还不太远。这次唱歌，我自信心得到大大提升，发觉自己也可以当众表演节目，而且不那么紧张了，内心非常愉悦。由于要住院两周左右，主持五四青年节晚会的机会只好让给别人，觉得好遗憾啊。本来脚踝挺痛的，一没了压力，可能是放松了，疼痛感减少了很多。

一天下午，我突然看到一个熟悉的身影，刘冰闪了进来，但他很快便进了另外一间病房。我激动而紧张地紧盯着那间病房，因为腿脚不灵活，难以走过去观察，只能在床上张望。过了许久，出来一个人，但并不是刘冰，紧接着又出来一些家属，还是没有刘冰的身影。我感觉好奇怪，便对张新宇说："我刚才好像看见一位同学。"张新宇开玩笑道："可别到这地方聚会呦。"最终我还是没有看到刘冰，我不得不怀疑是我看错了。

5月8号，我终于出院了，重获自由。回到寝室后，徐丹立马给了我一个拥抱，陈晴同样也给了我一个拥抱。我们仨默契地一直笑。辅导员邀请我和她一起吃饭，她关切地询问了我的病情后，就向我介绍了法学院的近况。我不在院里的这两周，落下很多功课，所以她希望我今后一定要更加努力学习，把落下的课都补回来。

就这样，每天除了上课，我都长时间扎在法学院图书馆，自习间隙我会到一层自助售货机买一瓶饮料。一天，我刚到一层，就看到了刘冰的身影。我喜出望外道："你好啊，帅哥！怎么在这里啊？"刘冰笑答："美女，我也打算转到你们系呢，来咨询一下。"他边说边从自助售货机买来两瓶冰纯净水，递给我一瓶。我俩坐在一层的茶座聊天，说话声音恨不得全楼都能听见。不知道为什么，我很紧张，刘冰则很淡定地看着我的头发说："你留长发了？"

我有点奇怪地望着他，说："嗯，前几天我在一个地方看见一个人和你很相像呢！"

"是吗，你不会是想我了吧？"

"才不会呢！"

"你现在法学课程学到哪里了，借几本你现在不用的书给我看看行吗？"

我爽快答应，直接去我的储物柜拿来几本书，又到图书馆借了几本目前我手头没有的书递给刘冰。刘冰向我表示感谢后走开了。我一想到刘冰可能会转来法学院，开心地继续进入图书馆自习，心情久久不能平静。

第八章

刘冰来院里三人一同吃饭
三人经面试全部考入项目

刘冰果然转到法学院了，据说法学院特别欢迎其他系转系的同学。我们见面的机会又多了起来，还会相约一起去食堂吃饭。一天，我看到刘冰和吴双在一起有说有笑，便走到他俩中间，问道："你们在干吗呢？"他们相视一笑，没有应答，而是约我一起去北区食堂吃饭。刘冰买来麻辣烫，请我俩每人吃了一些。而后吴双起身走到一个窗口。我问刘冰："他干什么去了？"

"依据一般理论，应该是请我们吃东西吧。"刘冰话音刚落，吴双就拿着一盘鲜嫩可口的西瓜回到位置上。我笑道："果然理论符合实际。"吴双特别郁闷地问："什么意思？"刘冰解释道："我刚才说你理论上是请我俩吃东西。"吴双听后无奈笑笑。我则毫不客气地拿起一块西瓜吃起来："好甜啊！"

五六月份，法学院公布了许多暑期需要调研的项目，包括几个到外地去做研究的机会。其中有一个项目是法学院院长亲自带队到甘肃调研讲学。为了提高个人能力，敢于当众讲话，使得在将来推荐保送研究生面试中不紧张，我从众多项目中选择了这一个。面试时比我想象中的要简单，三位老师依次问一个问题。

一位女老师问："你为什么要参加这次项目呢？"

我答："一方面为了提高个人能力，致力于学术研究和实践。另一方面是服务于社会，为国家和人民的长治久安出一份力。"女老师听后满意地笑了笑。

辅导员问："你觉得自己在这一方面有什么特长吗？"

我答道："我学习成绩比较好，很多课程都是 90 多分，适合做学术研究。另外，我曾经是学生干部，有很充足的干劲和乐于奉献的精神。"辅导员笑了笑。

另一位老师问："项目后续会有调研和编书撰写案例的工作，会占据一部分时间，可能时间较长，据说你是一位转系的学生，课业负担比较重，对此，你觉得自己有精力和时间完成吗？"

我笑笑，说："没问题，有时间。"

就这样，面试很快就结束了。出来时我恰好遇到刘冰，只见他信心满满地走进教室。

结果很快公布，我、刘冰、吴双都榜上有名。项目正式开启前，我们参加了几次社会学和法学培训。该项目是王院长亲自指导的，第一次培训就看到王院长出现在嘉宾席上，和蔼可亲地看着我们。由另一位老师讲述社会学研究方法的课程。接下来，老师让我们毛遂自荐讲哪个科目，并且编写些相关案例。我是讲民法相关知识，但是案例总编不出来，可能因为学的还太少了，只好不好意思地问辅导员该怎么办。她替我向学长学姐要来几个案例，我这才松了口气。我把几个案例编在要讲课的演示文稿里面，加些理论知识。辅导员按照不同专业方向把我们分成几组，各组分别在一起进行试讲。管理项目的两位老师还为此把关，听我们试讲，并提出了宝贵意见和建议。

第九章

期末考试间同吴双买队服
搬家结束后与刘冰同吃饭

    我平时的复习也在加紧进行着，总共有七八门课需要考试。当然，即使再忙，我都有一个原则——不会牺牲睡觉的时间，每天晚上 11 点准时上床睡觉。陈晴她们特别羡慕我，因为她们三个人每天恨不得学习到凌晨两三点，有时候我一觉醒来，她们还在努力编程或是做题。我对她们很佩服！

    虽然我课业负担很重，但却乐在其中，背下一些概念后觉得很有成就感，写出一些文字后觉得生活充满美好。期末考试很快就结束了。考试过后，还有一两篇论文要完成。我从教学楼出来取车，恰好看到吴双，他打招呼道："王玥，你好啊，在忙什么呢？"

"没干什么，你在做什么？"

吴双说："林薇学姐让我去买活动服装，咱俩一起去吧？"林薇是与我们一并参加活动的学姐。

我觉得很有意思，于是欣然应允。我俩先后了解了几家校园里的商店，T恤的价格从20元到35元不等，我们选择了20元的。挑颜色时，我觉得深蓝色的较为好看，而吴双无论如何都要买白色的，我担心白色效果不好，吴双就把手伸到白色衣服下面，发觉效果还可以，衣服比较厚实，质量也不错。最后我俩相视而笑，听取了吴双的建议，给参加活动的小伙伴每人买了2件白色T恤。满载而归后，林薇学姐大加表扬，她觉得服装特别漂亮。我说："我本来想买蓝色的，吴双一定要白色的。这样看来，白色的是更漂亮点。"

放假前，我离开陈晴、徐丹、李文文，搬到法学院女生寝室中。我的新室友是王玉、韩雪以及韩国留学生夏淑贞。刚到新寝室那天，王玉和韩雪并不是很热情，反而是夏淑贞很热情地和我打招呼，一直都笑着。那天可算是累坏了刘冰，他全程都在帮我搬来搬去，为了表示感谢，搬完后，我决定请刘冰吃饭。

"这学期成绩好吗？"我没话找话地问。

"还好，八九十分吧。你呢？"

"也还行。"

……

吃完饭，他递给我一张纸巾，我婉拒道："我有餐巾纸。"刘冰执意让我用他的纸巾，我只好拿了一张。他高兴地笑笑说："虽然暑期的调研活动会很精彩，但我们也应该多看看教材，为以后的推荐保送研究生做准备呀！"我仿佛感受到温暖的阳光照射在身上，暖洋洋的。于是我笑着望了他一眼，说："你也要努力哦！"

第十章

买新衣不期而遇学姐对象
师生相伴赴甘肃讲学游玩

完成作业后，我便准备去甘肃的行装，并特意到学校附近的店里买了一身新衣服。当我骑车回到学校寝室时，看到了林薇学姐和她的对象。林薇学姐向我介绍道："这是建筑系学生会主席，我对象。"说实话，我很羡慕，因为我有时会想我的未来是什么样的，什么时候才能和自己喜欢的人结婚，组成一个幸福快乐的家庭……

王玉和韩雪也参加此次甘肃调研项目，吴双安排我们仨把一些物品装在塑料文件袋里，而后发给参加项目的教员和学员们。她俩动作奇快，很迅速地把本子、笔、学员证塞进了不同颜色的袋子里，我也加快速度，不拖后腿。但干着干着，刘冰给我打来电话，说是需要我去帮忙采购。没办法，我只好请了假去找刘冰。

到了学生超市，刘冰刚好在选购面包，他说："老师说要买好明天的早餐，每人一个面包，你们女生喜欢吃什么面包啊？"听罢，我开始选起来，最终我俩挑了不同口味的面包和火腿肠。正值放假前夕，超市的人川流不息，我们排了好久的队才结完账。

一切准备好后，我们一行十几人如约前往甘肃酒泉，包括三位老师、六名研究生和八名本科生。到达后，我们住在当地的宾馆里，和当地司法所工作人员会合后便在宾馆的房间里布置起课堂。布置完课堂后，随行而来的三位老师都做了简要发言。

前两个讲课的学生是吴双和我，我们坐在讲课用的桌子后面，正对着几十名学员，可以看到整个房间都满满当当的。吴双介绍说："我是吴双，她是王玥。"然后开始分析案例，一个接一个地讲述。坐在几十名司法所工作人员面前，为他们讲课，实在是太荣幸和紧张了。我怀疑自己都有些说不出话来。当我看到面前的学员认真听吴双讲课的时候，我的紧张感渐渐减少了。吴双讲的内容简单而丰富，他刚开始还挺紧张的，不过讲着讲着便放松下来了，可以说表现得很好。吴双讲完便把话筒交给了我。轮到我了，我泰然自若地接过话筒，先是谦虚地说明我们学生现在主要是研究些法学理论知识，不如在座的各位有丰富的实践经验，这次是个相互学习交流的过程，随后开始讲述分析了许多案例。我讲完后，接着由我俩主持回答学员的问题。

而后，同学们讲得各有所长，每个人的讲述都别具风格。

闲暇时，我们逛了逛当地的旅游景点。不久后，辅导员带领我们坐火车回北京。

林薇学姐拿来在甘肃买的吃的分享给大家，有方便面、面包、果酱、鱼片。我看着这些食物，发觉都不适合自己吃。最后跟随辅导员到餐车买了15元一份的盒饭，简单吃了点。

吴双笑嘻嘻看着林薇学姐，用面包片抹上果酱放在嘴里吃。刘冰搬来一箱矿泉水，拿出一瓶给我。因为是在中铺，我只好爬上爬下，特别累。车厢里上上下下的乘客特别多，另外几名同学都在不远处的车厢，我过去看到他们几个正在打扑克，大家都蛮放松的。

青春不解风情

第三部

大三奋进时

第一章

回北京努力复习遇到刘冰
组小组一同学习分析案例

到达目的地后，我们很快分道扬镳。到家后，爸爸妈妈围着我转，让我和他们聊聊参加活动的经历和感受。在家整理好东西后，我便在爸爸的建议下去学校自习了。我又和刘冰在法学院图书馆相遇了。他穿一件白色运动衫，显得格外挺拔，一见我就笑着说："好用功啊！王玥。"

我笑着说："你不也是吗？"又若有所思地问，"在看些什么书呢？"

"还不就是最常见的法律相关的书。"

"现在就准备推荐保送研究生吗？"

"不一定，学得还不大好，多温习一下。"

"真谦虚啊！"我回到自己的位置上，想："我也得好好复习一下，我的平均成绩还没他好呢！"大三第一学期大约选了有10门专业课，时间真是太紧了，我也开始借些相关的书籍预习。

大三最重要的课程之一是国际公法，需要背诵的内容非常多。因为转系，下学期我还要补修刑法，刑法难度也很大。王玉和韩雪不知为什么之前也没有学习刑法总论，所以我想组织一个刑法学习小组，一同研讨刑法课程中的各种问题。跟王玉和韩雪表明心迹之后，她俩愉快地接受了邀请。刘冰和吴双也在我的鼓动下参与进来。就这样，我们决定开学后就立马行动。

开学后，我们依据课程安排，把小组活动的时间定在每周四下午。小组规定，每次活动由一名同学提出主题，并主持发言，其他同学围绕主题的内容参与讨论。第一次活动由我首先发言，主题是不作为犯罪的义务来源。叙述完基本概念，我列举了两个案例让同学们判断是否属于不作为犯罪。

刘冰和吴双分析了我列举的两个案例，他们居然利用我们还没学到的知识游刃有余地分析，不得不说他俩学习刑法的能力真的很强，我们都很佩服！

第二章

刑法学习小组里获益良多
编书例会活动中增进了解

下一周的刑法学习小组由刘冰负责，我和他很早就到了一层的茶座。

刘冰说："真早啊，王玥！"

"你也挺早的啊！"

我还没坐定，吴双也来了，望着我俩说："真遗憾哈！"王玉和韩雪紧随其后，笑着说道："真是有点遗憾呢！"

我奇怪地问："遗憾什么呢？"他们几个笑而不语，我也没再追问。

今天小组讨论的主题是因果关系，刘冰已经在上周发给我们一些材料，让我们预习，这样讨论的效果才会更好。

随后刘冰就几个案例提出问题，问应当如何分析。我们几个各抒己见，但我们的回答都有一定的片面性。刘冰完成了总结发言后，我们对他刮目相看。

小组活动结束以后，我们分道扬镳，我和刘冰、吴双又进入了法学院图书馆，其他两名同学则到教室自习。我开始写自己的刑法课程论文。小组讨论的内容使我茅塞顿开。

从甘肃回来以后，王院长要求我们根据自己所讲述的课程内容编写课程书籍，我们每隔一段时间都会进行编书例会。第一次例会在隔周的周二下午吃饭时间进行。第一次参加例会，我提前吃完饭，到了会场教室，正好看见一堆人正在分饭吃，负责管理的女老师见我和吴双都吃过了饭，拿出一兜子红彤彤的苹果给我俩吃。吴双挑出个最大的苹果递给我，我也挑个大的递给他。苹果清甜可口，很好吃。

待大家吃完饭，我们简单收拾了一下，开始开会。每个人就自己负责的课程内容提出意见以及修改的方式等。我们把说到的内容标注在写好的文字中间，每人拿着自己负责的一部分。由于不是每个人都看得到原著所写以及后来所改动的地方，每个人表述时，总有些听不大清的地方。有些人表述的时候，似乎还有点紧张。不过，这种研讨的形式拉近了老师与学生、同学与同学间的距离，使得相互间有了更多了解，情谊也更加深厚。

第三章

大三学习生活紧张而有趣
游泳课程付出艰辛难达标

    大三的工作、学习是非常紧张和丰富的。在韩雪的影响下，我参加了游泳课中级班的学习。第一节课上课前，老师先让我们游两圈蛙泳。我由于太长时间没有游过，几乎不会游了，拼命游了几下才想起来该怎么游。老师见我游回来得晚，也不责备，还笑嘻嘻的。下一个环节是学习仰泳平躺的姿势。老师让我平躺在水面上，手脚做出动作，把一个红苹果平放在我脑门上，以检测头有没有放平。会游的同学早就做好了，像我这样好久没游过的则有些费劲，苹果一不小心就会掉下来，而后老师再放上去，就这样反反复复直到不掉了。

游泳课计分方式非常严格，总分为 100 分。游下来 100 米仅占 40 分，如果速度达标，另加 20 分，剩下的 40 分中有 10 分是考勤，另外 30 分是 1500 米跑步的考核。通过一个学期的努力，尽管我 1500 米跑步得了满分，但我游泳课的最终总成绩是 80 分。我的游泳速度没有达标，这让我一度很失望。之前为了速度快一点，我付出了艰辛努力，常常独自到游泳馆练习仰泳。但不知道是不是姿势不对，总是难以提升速度。有时候我还会请韩雪帮我纠正动作，结果一进游泳池就找不到她人了，可能因为游泳池太大，人又很多的缘故。

　　相比之下，游泳课是不太重要的科目，法学专业很多重要的科目是这学期补修和主修。譬如说国际法，是三学分的必修科目，几乎需要把整本书都背下来。老师每次课后还要留些思考题，要求学生像写论文一样完成，然后背诵下来。类似的课程还很多，需要上交论文，其他都是闭卷考试。这些高标准和严要求，势必会使我们受益匪浅，学有所长。

第四章

寒假里赴法院实践与学习
课堂上共讨论努力与提高

大三寒假，我仍然不间断地去法学院图书馆努力地学习。我发现自己的写作能力还有待提高，于是增加阅读相关书籍和中国知网上的文献材料。学习之余，我还参加了法院的寒假实习工作。我是横冲直撞进入法院人事部门请求面试的。以前没怎么面试过的我还真是挺紧张的，但面试官和蔼可亲的笑容使我稍许放松了心情。他很快同意了我的实习工作。

去法院的那段时间，给我印象是非常深刻的。法院的工作比学校还紧张而烦琐。我被分在的这一组工作内容非常繁杂，除了一般民事案件的审理，还包括出具离婚案件的调解书、整理诉讼文书和钉卷等细节内容。书记员的工作更加需要细致和熟练。

实习3周，我满载而归。不仅研究了很多案例，还旁听了一些民事案件的审理。有一位女法官荣升庭长，请法官和书记员吃饭，她还邀请我参加。我不好意思地说："我没有贡献什么力量，实在不好意思一起去吃饭。"她微笑着没有勉强。

返校后，我又开始了学校学习之旅。这学期学习负担还是很重的，需要好好用心。另外，推荐保送研究生面试又临近了，我还是习惯于紧张，得通过不断练习来改善。于是我参加了法理学、模拟刑事审判等几门更注重于挑战自我的课程。法理学是大学里最为重要的研究方向之一，为我们授课的老师喜欢分配些时间给同学进行表达和讨论。第一周发言的是王朋、刘冰、王小华和吴双，他们讨论了法律信仰的相关问题。

老师对这几名同学的发言给予了高度评价，并逐个进行了点评。我觉得这种讨论很有挑战，在这之后的某一周我自己也做了一次有关法律信仰的发言，并结合现实的案例进行了分析。

第五章

模拟刑事审判课程中成长
暑期社会实践律所里学习

模拟刑事审判课程终于开始了，这是法律专业的学生满心期待的一个课程。选这门课的 40 名同学按照学号被分成 4 个小组，总共完成 4 次审判过程，每个学生至少要作为主要人物参与两次活动。

模拟刑事审判是给我印象很深的一门课，我得到很大锻炼，应该感谢法学院的同学给我这名转系生更多表现自己的机会。在这里，同学间也增进了了解。

大三暑假，我有幸到一律师事务所当实习生。那是一家小律所，透明的玻璃墙，古色古香的家具，整个律所十分精巧。第一天上班，我 8 点 10 分来到律所门口，还没有到上班时间，大门紧锁，我只能在门口等待。过了一会儿，一位胖胖的女老师来了，和我道了声"好"，便到一旁看手机。而后，一位活力四射的年轻行政老师来了，走到门跟前，和我打招呼道："你好啊！"我也礼貌地打了声招呼。仔细一看，他好像某青春偶像剧男主人公的样子，很帅气。接着来了一位年长些的老师，他正打算去物业找钥匙时，一个身穿蓝色外套的年轻人匆忙赶来，并从兜里掏出钥匙打开律所的大门。

后来律所主任和他的爱人也来了，主任是一位年轻且文质彬彬的男士，很有亲和力。主任的爱人到了办公室后，先是吃早餐，吃完了油条，要把手中的一个煮鸡蛋塞到我手里让我吃。我不好意思地说："老师，我已经吃过早餐了，吃得好饱。"她这才没有勉强。这之后的几分钟，主任把我带进律所的会议室，然后对大家说道："这是咱们所新来的编辑王玥。王玥，介绍一下自己吧。"我没来得及紧张，语速较慢地介绍了我是哪个学校的，在哪里实习过，参加过什么活动，写过多少篇文章等，并表示非常荣幸能来当实习生，希望接下来可以向大家多多学习。

主任若有所思地点点头，便让我坐下了。之后和大家交代了几句工作上的事情便散会了。散会后，我被主任的爱人带到办公室，她给我找了一个位置坐下，并发给我一个律所定制的红色硬皮本、一支定制的签字笔和一个绿色文件夹。而后，一位律师老师给我留了作业——写一个劳动法案例及分析。我在网上查了许久资料，才编出一个案例，并且分析后交给了那位老师。过了一会儿，另一位律师老师教我怎样缩写卷宗里面的案例，并让我试着自己写。

下班时间很快到来，我到外间前台旁边接水。行政老师笑着问我："王玥，你几点回家呀？"我大脑迅速地搜索，想不出来他是什么意思，以为是今天业务少，他在提示大家早点完成工作，不要加班。于是我来到办公室，交了稿件，听律师老师评论了几句，然后关上电脑，收拾好书包便走了出去，对行政老师说："那我先回家了。"他回以微笑。主任经常说他的好话，在我们面前，好像很喜欢他。有一天下班了，他很快在打卡机上面签退，我也准备签退。主任办公室就在打卡机附近，主任居然叫到我，问我说："王玥，最近文章写得怎么样了？""还不错吧，写得挺有兴趣的。"我连忙说。"那你一定要加油啊！"主任说。我笑笑，回答说："好的，一定。"转身再看行政老师，早已不见踪影。行政老师规定我们每天中午休息1个小时，可以是12点到1点，或者是12点半到1点半，这样轮流休息，以防高峰时间律所没有人。一天中午，我吃完饭从办公楼附近的小饭馆出来，刚好看见行政老师，不禁一笑："您好啊，才去吃饭啊？"他笑着回答："对啊！"

之后，我和另一个实习生被安排在会议室里写文章，除了每天例行的一两篇文章，还要完成律师老师分配的其他任务，譬如撰写法律意见书一类。说实话，刚接触这些工作的时候，我每天都有点焦头烂额，甚或忙不过来，经常把工作拿回学校做。当然，这期间虽然有些累，但我成长了许多。遇到棘手的工作，我不但会请教律师老师，还会自己买些书籍来分析、研究。实习期满后，我写的文章得到了主任的高度赞赏，甚至他还答应有机会的话在我本科毕业后留用。

第四部

大四毕业时

第一章

大四时光里一样刻苦努力
女生节日时快乐珍惜团聚

大四很快就开始了，我常常在想，大学四年，有些人走得披荆斩棘，有些人走得如同行云流水一般，而有些人则不知道自己需要怎么做，才能让自己的大学生活不留遗憾。在我看来，首先要努力学习。有的同学到大四时就有些放松，或是因为实习经常不在学校，甚或不去上课。我呢？决心上好每一节课，不会放弃任何一门课程。虽然大四课程相对较少，也较为轻松，但是我觉得大四的每一门课程都终将成为我跨越的历史。大四上学期我所选的几门课都比较难，只有一门课得了 90 多分，第 1 名，除此之外都没有 90 分以上的成绩。

期中考试后，司法考试成为我学习的重中之重。从大四寒假开始，我就买了一套教材，努力地背诵和研习。一个月的时间特别紧迫，我疯狂地看书、总结一些知识点，买来考试大纲和真题集学习。但我自学能力有限，做完前几年的真题，自己判出成绩来，发现距离司考通过的分数还有很大距离。不光我自己努力，刘冰和吴双也经常出现在教学楼和图书馆里，碰到我之后，会点头打个招呼。而王玉和韩雪则常常在寝室里自习，每天大灯熄了，就开着应急灯或者小床头灯复习到很晚。韩雪连吃饭都没时间去食堂，我常常看见她在寝室泡方便面吃。

3月7日是我校的传统节日——女生节。我校特点之一是男生较多，女生节是我校女生特殊的节日。我在计算机系曾过过一次女生节，那时候学习很紧张，我们寝室的女生给联谊寝室各自对应的每个人做了一个水果拼盘，另外每位男生请对应的女生吃饭。去年和前年的女生节，只是全体男生和女生一起吃了顿饭。而今年是大学四年的最后一个女生节，我想一定要过得新颖别致。法学院这些男生特别用心地出了新招，想出"一日男友"活动。每名女生通过数字抽取一名男生来为自己过节，3月7日当天男生充当女生一天的男朋友。我抽取了10号，抽签结果居然是吴双，我非常紧张和期待。

女生节当天，校园里张灯结彩，晚上灯火辉煌，充满了节日的美好氛围。一整天上课我都魂不守舍的，直到下午第二节课结束，我看到吴双举着一束玫瑰花走进了教室。我还没反应过来，他就到我的座位旁边，把花递给我。回去的路上，我的自行车没地方放花，吴双就骑车载着我，一路上迎来很多同学羡慕的眼光。我在众目睽睽之下回到寝室，两颊热热的。我想回请吴双一顿饭，吴双婉言谢绝。

"一日男友"活动的过节方式多种多样，看电影、逛书店、逛超市、吃饭、送礼物等。最终，我们评选出了女生节创意大奖以及最优秀男友大奖。

第二章

院庆舞台剧堪比电影重放
毕业活动后行云流水如常

我们法学院院庆晚会的一场舞台剧表演以《暗恋桃花源》为蓝本，向观众播报了男生与女生的不同情怀，讲述了我国20世纪30年代青年革命者的美好爱情故事，表达了其所追求的崇高理想。吴双和刘冰在故事中扮演最重要的角色，深受老师和同学们好评。我看完之后感慨颇多，感觉它同样描写了我这样一个新时代普通青年的故事。

4月底的校庆活动，我和吴双、王玉、韩雪等几名同学报名参加了接待工作。这是非常简单的一份工作，帮助来参加活动的老师、同学和校友签到，然后引导他们到不同的教室。没什么业务的时候，我们几个会在一起高兴地聊聊天。

聊着聊着，我听到了不远处有我认识的一位学姐以及刘冰的声音，于是我循声赶去。可当我到后，却只看见学姐一人，我怀疑是自己出现了幻听，便和学姐聊起天来。

与学姐聊完后，我回去和吴双站在一起迎宾。不一会儿，我们的科任老师来了，他们看见我俩非常高兴，我俩赶忙拿出笔，找到他们的名字，让他们签到，而后和他们简单聊了几句。

中午，我们看到很多服务人员搬着大盒的饭菜到教学楼里面的大教室。到 12 点，我们也到大教室里吃自助餐。吴双和另外两个男生坐在一排，向我招手。我只好坐在他旁边，刚一坐定，便看见林薇学姐在帮刘冰盛菜。林薇学姐穿了一件红色的针织衫，格外得体。吴双边吃边望着我，显然也看见了他俩，却装作没看见，张开嘴大吃一顿。饭菜的味道很好，但我却怎么也高兴不起来。吃完饭，我们又去四层会议室布置会场，吴双一看见我，就请我吃了薯片，味道很好。

大四时间相对来说还是较为充裕的，可以复习司法考试。之前复习时间短，复习的内容还远远不够。司法考试教材很多，每本书看5遍以上才能完全记得住。听学长说，司法考试需要认真复习一两年才能考过。

时光过得很快，转眼间，我们便要毕业了。

毕业酒会在毕业典礼结束后的当天晚上进行。会场里面灯火通明，民法课授课老师，亦是我的论文指导老师，带着他十几岁的女儿出席。党委书记在会上发言，语重心长地鞭策我们应当格外重视本科毕业后的第一份工作。学生代表韩雪致谢时，感情充沛，抑扬顿挫，她先是感谢学校和老师对同学们的栽培，又感谢学校先进的教学设施和教师水平，再是感谢四年来同学间的团结友爱和努力竞争的精神，使大家获得了学习实践等方面丰硕的成果。

很快就要离开学校了，王玉如愿以偿去律所工作，韩雪取得去香港读研的机会，吴双考上了本校法学专业研究生，刘冰考取了国家公务员。临别时，韩雪紧紧地拥抱了我，王玉送给我一面小镜子。虽然跟她俩相处只有不到 3 年的时间，但我们的感情非常深厚。

另外，计算机系的陈晴考上了本系研究生，徐丹、李文文还有夏天入职国企，做程序编程人员。